繕う先から破れていくのは　鱗が生え変わるようなことなのだ
網の目が細かく　なれば　なるほどに
乱れる淵へ投げかける　なにもかも
凍ったまま
は透きとおり
それからの音を聴く

現代詩文庫 201

思潮社

蜂飼耳詩集・目次

未刊詩篇

散文

装幀・菊地信義

詩篇

詩集〈いまにもうるおっていく陣地〉全篇

いまにもうるおっていく陣地

夏草の暴力に囲まれたその廃屋を　見つけた時
だれもすんでいない、だから　踏み込むのを
ためらうが　入口の引き戸は握り拳ほど開いているよ
わたしたちは負けてしまう　ほこりぎしぎし
はげおちた　つちかべ　いうまでもなく　ゆきのくもの
す
だが　翠碧のそらを切り取る窓際の流し場の

　蛇口は　なぜか　いきていて
ひねってもいっこう締まらず
つらら　のような
　みずのはしら立ちつづけ

オー、ワカッタ、コレハ湧水ヲ引イテルノネ

建物の外側から窓ガラスをたたいて彼女は　そう
　おしえてくれる　それから　物体のようなダンボールを
開いてみると　なかに　口の欠けたオカリナがたくさん
はいっていて　ミンナ置イテ　ドコヘ行ッチャッタノカ
ナ
流れに沿う　セリ　ながれに　そう　クレソン　人は去
り
ともかくも

　あいをあいした痕跡が
　かべいっぱい　イコンのように
　うめつくすはずれかかる

水際にあってこの家は植物になりかけるもはやその類の
ものだこうしたいきづかいは　こうした　いきづかいは
(踏まなければいいが)
その瞬間、やっぱり気付かず　彼女は　落ちていた
楽譜の断片をやすやすと　踏んだ
グレーと金の音が散った

壹岐の嶋の記に

とこよのほこらあり
ひとつのえのき　あり
しかのつののえだ　おいたり

時と場所の流れを分けあうことなく
骨とくずれた　人間たちの　かつては
たしかにあった頭上で　なん度でも
ねじ　巻かれ　モリの植生　継がれ

じぶんを養分と吸いあげながら
眠りと覚醒を際限なく繰り返す
ものたちの　あいだ　ゆるゆると固まり
かたちをとった　とってしまった
二足歩行が　移動する

それはあたしだ

なまえを付けて　捕獲しかけて
もうすこし　一歩手前で
半透明の　なにか　巨大な
手指のあいだ　みすみす　ほらほら
逃がしてしまう

たましいの飛び去った女

モリをぬけ　灼熱　アスファルトの
吐き捨てられたガムを踏んでも
わからず
むかいのモリに
しろいすあしで身をなげる
根もとに臥す　彼女のうえを
途にまよう男たちが
すばやく　重ね　うせる

むこうの木のしたでは
ちちとははとが　なにか

している

獲物をさばいて　いるのか
粉にひいて　いるのか
あるいは　ヒ　でも
起こしているのだろうか
さっきから

行きつく先はわからない
臥したまま　視線のつかむ
かれらの影は　とにかく
全裸で

男と女のうえに
ひとつのえのき　あり
しかのつののえだ　おいたり

やあね
お願い

はやくして

たこ

ふたり
霧雨をさけ
吸いこまれた　店内に

骨壺のような　しろい
コーヒーカップを　あげさげ　する
たちのぼるものが
男の顎を　くらくする

あるいは
あかるく

はじめての町に　よるが
注がれる

うるんでいく頬をこぼさぬように
はしら　のようなものを
ささえ直した　ら

男の背負う
ガラス張りのよるに
その頭の　ひだりわきに
タコ焼きの屋台が
あって
おおきく染め抜いた字が
「たこ」
と　よめるのだった

「たこ」
は　風にめくれて
ときどき、
男の頭の　みぎわきにも
現れるのだった　男は
中野重治などについて
かたるが
もう　だめなのだった

男のひだりの闇の袖から
あおいネクタイのような
ちぎれた鎖を垂らす
サラリイマンがつかつかと
あゆみ出て
ひかりの中で
タコ焼きを買っていく

男はなにひとつ
知らないのだった

ふたつ
骨壺のようなものが
ながれて
からに
なるのだった

アサガオ

だれそれが当選確実、というニュースを
ラジオから女の声で受け取りながら右腕は
ひとのもののように　通りすがりの
献血をすませた　翌朝　思い切りのよい
傘のようなあおく澄んだ　アサガオの
開花があった
猫に鈴と紐をつけて歩かなければならない時は
ひとや　犬の散歩コースを　避けることになる
あまりあおいものを見ると眼底がいたむ
しかし咲いていているうちに戻って来たい
と思い　足の数では負けている猫により
引かれていく

突き当たりに祠を持つ　竹林のあいだの
一本道は猫も気に入っていた　そこに
さしかかったとき、小学生の女の子が
名札とスカートをひるがえして竹の中から
飛び上がり　泣きながら　駆け出した
猫のようにおどろいていると
ざわっ　と鳥肌立つタカムラ、
ついで　もとひかる竹と竹のあいだから
年取った男の　険しい顔が
浮かびあがった　猫の虎が紐の縄を
底力で引いたので　来た道を
戻るしかない　見てきたばかりの
アサガオのあおいろが　かさぶたのように
はがされ　左胸で　滲んだ

はたけのほかにワタシはわずかばかり
竹藪を持っています　やよいうづきに
かけては　たけのこが取れる　そうでなくても、
時折は手入れをしなくてはなりません
どの節のあいだも空洞だ　そう　思うだけで
こころのいっぱいになる竹藪です
すずめのやどもある
余計な下生えを刈るため　なたを持って

入っていくとぱきぱき鳴った
そして　突然　そばで女の子が立ち上がり
泣きながら走っていったのです　これはこれは。

これはこれは、彼のすり減った靴底が
ふり積った砂いろの竹葉を踏みしめながら
やって来た　あたしは巣の中から
みていた　ちいさい女の人が　空席を作り
やぶの中へしゃがみに行った　つかのま
ああそこはだめ　声として　届かず
靴底は踏み潰し　蹴り上げ
そうとはしらず　小枝　草の蔓で作りかけの
彼女のベッド　テーブル　鏡台　人形の家
そうとはしらずに　彼の顔付きはいっぺんに
瓦解した　あたしはやぶの巣の中から
みていました

竹に占領されたこの土地に　わたしたちの仲間は
ほとんどそだたない　わたしたちは竹林と外との
境にひっそり循環する　あるとき
おんなの手が仲間を　ひきちぎり　みるみる
無残なかたちに加工していった　わたしたちは
ふるえていた　おんなは　再度　結界を越えて
侵入して来るところが今度は　その股間を
ひろげて　めぐみのあめ　きんのあめを　一族に
そそいだのだ　それは　どういうことなのか

いま　ここで
悪い事があったのかも　けれど
知ることはできず
早めに散歩を切り上げる　猫を
無理に引いて戻って来ると
アサガオはやっぱり咲いていていてあおく
竹林の腫れを　あおく冷やした

高行くや

膝のまるみを地に立てて　あみあみの
ストッキングを　底引き網　引き上げながら
あな　また　あながあいちゃった　彼女は

　どうしてここに　いるの
あたしは　いるの

一階の窓はひろく
みちを誤まった飛べるもの　跳ね回るもの
すこしも飛べないものなど　こだわりも　また
ことわりもなく侵入し　いちいち
応えることは不可能　携帯はしきりとふるえ
こぶりな疑惑も　ねこが　くわえて
あまりにかるがる屋上へ　持ち上げる

　高行くや　ぴぴ
あいつを捕れ

点と点を線でむすんだ灰いろの
屋上はそらに在り
そのかたちをなぞることを　七階の
おじいさんは止めない　フェンスに沿いすべての
方角をめぐり歩く　まいにちの　ならわしだ

　物干し　盆栽
あかい　じょうろ

むかし　しってた　言葉がいまは
なにひとつわからない　それが　なんだと
いうのだろう　盆栽のあたたかな
松の林に囲まれて　ああ　ごくらく

　高行くや　ぴぴ
あいつを捕れ

雲をよび　きょうも

そらでおどる　彼をみつけて　安心し
ひさかたの日々の朝をこなしていく
あたしだけではない

たべられる仲間たち

わたしは知りませんでした　そして　知らない、と
いうことは　時に　うき立つような導火線だと知り
ました　ホッチキスの針は　いろいろな色がある
その発言を　証明するため　飛び込んだ歌舞伎町の
文具店に　紫色や金やピンクのは　見当たりません
ない　ないねえ　それからちいさな箱に睫毛のように
ぱっちりと詰まった　水色の針を買ってくれました
どのいっぽんも精気に溢れ　その晩わたしはさまざま
の断片を綴じてみる　漂白された紙の表面でそれは傷
のようにもみえます
未知の事柄は分裂を繰り返し　いくらでも増えていき

あなたの道管を水分や養分とともに送られ　わたしに
てのひらのように咲くのだが　視線は上部の花に向け
られず　根に　土のなかの出来事にのみ　焦点を
しぼっていく

ホッチキスの針のいろとりどりのよろこびについて
おしえてくれるあなたと真冬のブドウ畑を　行く
なにもヨーロッパの出来事、ではありません
ヤマナシのカツヌマあたり　ブドウ畑を行く　倭人
だった　肺が透き通っていくことを隠しあったりも
せず　ようよう二足歩行に　慣れた日のように行く

それぞれの棚は畑の持ち主の背丈に合わせて　たかく
ひくく　確かに固定されているのですが　玻璃の空
いっぱいに張りめぐらせる真冬の枝は　葉っぱや果実
房からまるっきり解き放たれていてその他の季節に
あれほど憧れた　根　となっているのです　あるいは
天空を覆う毛細血管　見ているもののからだの一部と
なってくるのです　急転直下の空や　雪を　おいしく

いただく峰々の方角からそれはそれでできる限りの
ことをして　栄養を吸収してくる

余分な枝を焚く煙のはじまりに屈伸運動のじいさん
ばあさん　子どもや　子どもを産める齢の人と
出会わないので　ブドウ棚の位置は　ひくく　ひくく
なっていくばかりです　そのとき、数歩先を進む
あなたに呼びかけることはできなかった　下半身を
つつむあたりで　まさに　からくりが　作動し
スカートの裾から　あしか　あざらし　くじら
いるか　猪　かもしか　わたしの大鹿　たべられる
仲間たちがぞろぞろ出てきたそれまでは知りません
でした　ふたつのめに稲種　ふたつのみみに粟
しりに豆　ほとに麦　なにもかも　こぼしながら
ついていった　たべものとしての　わたしを
ゆるしてください

展示会場の生活はもう　通り過ぎました
個人的な書物の続きを記す　そのためのインクが
きれかかっているわかっている　こんどは文具店では
売ってくれない　ブドウ棚のした　乳の垂れた女の人
が棒を振り振り　犬の　ようなものを追い回している
あげくのはて　犬は　わたしのスカートの裾に
飛び込んだ　めくったら　消えていた

真冬のブドウ畑にみなぎるものは抑えきれず快晴の
天に鼓動する　それから　しぜんとからだにながれ
こんでくるのです　文字があるので便利だね
ただそう思い　わたしは書き留め　その紙切れを
ホッチキスで綴める　ブドウ畑の　上空の色彩が
こころづよい音をたててなにかを綴じ合せる　煙の
したに　いつも人　そのことに安まりながらどこか
毀れ　なにか　惜し気もなく断ち切られてなおも
空白は回転してゆく

配布の感覚

二つの駅にわたす乗り換え通路は
歩道橋にも似て　車道の上空に掛かる
羊の声（ばぁばぁ）無数の蹄のざわめきが
ひたすら人の群を　のぼりくだりに
分けて　流す
いまここで　おもてに晒された
つゆの世の流れの見取り図、
これは

　失敗だな
　この造りは
（ばぁばぁ）
　しかも長いよ

歩いているだけでどうしようもなく人にぶつかる、
そういう日でも　H市あるいはY市へ行くため
避けられない　腕のような乗り換え通路だ

肌色ののぼりくだりの人の流れに
杭のすがたで突き刺さる　その人数を
素早くかぞえ

ぶつかる、と思うとき　刃先のかわりに
ポケットティッシュがにわかに飛び出し
受け取れる至近距離に展翅されるが

　手を出さない
　相手もひく
　すべて瞬時の出来事だ

見ず知らずの人とのすき間に
こうして熱した鉄の玉が落下する
同じ事を繰り返しようやく改札口へ
たどり着く
ティッシュやちらしを
すすんでは、もらいたくない
理由はなくて　そういう日がある

はちみつを流すようだ　羊の声（ばぁばぁ）が
やわらかく　ところどころ渦潮を巻き上げる
ほとんどの歩調をそろえ　流れる群のあたしたち
次から次へ　こなされていく　ティッシュ配りよ
最後の鉄球が地に落ちた後、気付くのだ
バッグの中に　ティッシュはたしか
あと　いちまい

　乾いたヘリコプターが　はたはたはた
　低めの空を
　掻きまぜていく

乗り換え通路の下をはしる車道で
クラクションが　黄色い花火　だがそれも
羊の声（ばぁばぁ）に呑み下されて
渡り切る足の下の
土も固まる　それ　次は
みどりのでんしゃにのるのだ

高菜むすびを

雨戸は　誰の物でもないので
うすまっていく夜気を諦め　ていねいに
呼吸をたたみつつ　まずは　目覚めた者が
滑りのまずさを　あさなさな　あじわう

史上最初の暴力、
ひかりの矢はひとをしまう箱の深部を
突く　狙いは的確　外すことが　ない
飲みこんでのち　それが声である
と　ふかく知る場合も　あり

ある　あさ　雨戸を開けると　そこに
柔毛、のようなものが　散らばっていて
　それで　すべて　わかった
　あしたからどうしたら
　いいのだろう　いったい

何ができる　というのだ

かわいがっていたはず、の柔毛の一部が
毛玉を作り　たのしそうに　転がって
用水路に消えていった
地獄の骨法　言葉の鬼門
きずだらけのテーブルの北方に置く
人肌の　高菜むすびの片方を
アリスのははミカエルの、ははにも
届けたい　家禽をどっさり養う
アレノにも
届けたい

降らなくても　雨戸、という
そこに手を掛け

かれらはカープを食べる
と言っていた
また　夏場には

ブルーベリーも

牧草ロールの点在する　乾いた場所で
アリスのははミカエルは泣いていた
みじかい夏の滞在が終われば　また
チェコから亡命先のスイスに
(車で　たったの　八時間)
でもそこは　わたしのくにではないから
いつまで　たっても
山と湖　ヨーグルトとチョコレート
それしかない

同い歳のアリスに　言われた通り
ネブトゥスムトゥナ　マーマ
おかあさん　泣かないで

おうむ、のようだと皆がわらうので
いくらでも繰り返す
ネブトゥスムトゥナ　マーマ

おかあさん　泣かないで

ぼくはすきな場所に住むよ
六つの言葉を話せる　おとうとの
ダビデ　いいな
国境のハードルをかるがると
飛び越えるんだろう
わたしたちは誰とも替われない
体温は近くても

雨戸を引けば　貫くひかり
転がっていく毛玉
テーブルの高菜むすび
アレノの家禽が
あかい間歇泉を
噴き上げる
いまごろはきっと彼らの
あさだ

染色体

草木密生
五穀成熟

おとこはすべておんなから出てくるのに
おんなを踏みつけるおとこがいて
（彼は　おとこをあいするおとこ　だったが）
ある日　はなやかな喧嘩になった
いっぱつかましてやんなきゃわかんないんだよ
このあま

と叫び　彼はほとんどすべてのおんなを
がっかりさせた
子宮感覚、などというものは幻想に
過ぎない　としても　わたしたちは
おんななので　配管のようすなども
　気に掛かる
　　してみると

おんなははたと気が付きしっぽのように
からだを切り離しからだを棄てて
おとこが喰べるのを見届ける

　その間　まだ咲かぬ米の花のことや
　新発売の入浴剤の安売りが
どこのドラッグストアだったか
など　考えたり

Xであり Yである　わたしたちの
その先に何が　あるのか　あるべき　なのか
闘いの果てのハンモック
おとこが寝静まると　おんなたちは
秘密の唄を皮膚の下から無事飛び立たせる
　交わらない線を拒んで
　わたしたちのための数式をひらいていく
そこにいつも

草木密生
五穀成熟

午睡

むかしはよかった歯並びの
歯のない　口先で汁を　吸いきり

　虹を接いだ座蒲団の　たしかな縫い目は
　ひまごにゆずるわやしゃごにゆずる

L字型に座したまま彼女は
終わった椀を　元に戻して　膳に
あかい膳の縁に浅蜊の殻をならべはじめる
たのみもしない　人々のために　うらなう
あしたのこと　さきざきのこと

　干潟の危機は浅蜊の危機は

彼女の危機

かえってくると
おもったんだけど
彼女のその話がデザートの代わりに　膳に
いざり寄ってくる場合　きもちは風呂場へ
椎茸の生気の充満する風呂場へと　のがす

　タイルの目地に沿い
　椎茸栽培の原木をたて掛ける
　汁のため　浅蜊の無い日は　椎茸を

手の甲に視線を落とし　聴いている
その時分はな、
（え）
おおぜいの人が　海へはいった
（浅蜊の模様をなぞるしかない）
かえってくるとおもったけれど　かえっては
こなかった　出征の彼女の男　もっと
もっと若いのも

わたしは　この場にあって
聴いてはいるが　ほんとうに聴いているのか
わからない　わたしは　わたしたちの世代は
その事について　言葉を　もたない
受け継がれるものは人々のてのひらの温度に
かたちを変えてすすむため
配られるのは　だいたい、本当の事ではない

　甘やかされた　みみのポストだ
　めのポスト

たった一匹　生き残ったまぼろしの浅蜊が
膳の縁を這っていく　その濡れた道を
凝視するが　やがて闇へ
続きは　坐ったままねむる老婆が
杖をついても追っていく

穴の権力

ひかりにすすがれたものを見る人は
いない　だから　どうしてもあなた
太陽の指先が　あさまだき地平をつかむ
その前に　はやく　はやくはやく

引き廻された末　野に来た　そこでは
大小二種類の　穴が　視力を無視して
散らばり　銀河のようで　途中
わからなくなるため　数えられない

きりがない、
というのは　いずれも
苦しいことだ
あたしは以下のように仮定した

大は、夏に
はたらかないもの

小は
はたらくもの

それぞれの動きが見え隠れする地点は
関所だ　小には往還自在の強みがある
一方、大は通り抜けたら　最後
ふたたび　戻って来ることの　ない穴

日がたかく昇り　すべて濁り始める正午
なお足元には　注意ぶかく

穴を避けて　そら
踏まないように

どのみち
いつまで眺めていても
みちびく先は　謎だらけ

たたかいの痕は　ちからなく

横たわる　透き通った羽にあり
母語は脊髄から飛び散った
地にしみた　しみわたった

小を出入りするものらが
すべてを解体する
しらずしらずのうち　大は　小に
回収されていくようだった

一日のまろみが熟する頃　あたしは
あたしは小のひとつを選び

貴重なおさとうで
埋めた

雨垂れ石を飛び越して

おさない頃は　朝晩　たくさんの手と触れていた

喩ではなく　直接に　触れていた
としよりの手をわたしはすきです
手は　腕から肩へと丘陵を成し
ながく培ってきた顔とも呼応し
全身のためにコロニアルな働きを請け負うが
まれに　手だけ　独立の旗印を掲げる場合があり
ひとつの動き　ひとつの作業を時空に刻み続ける
そのことには「モダン・タイムス」の悲惨とは
別方向からライトが当てられるべきだろう
桶は桶屋か　石は石屋か

染めの石川さんが水平に届ける反物を
そぼは順々に仕立てていく　六畳間の仕事場で
横たわると　たたみのにおいがきつくなり
ふすまの松がすこしちかづく
ぱちり、と潔い裁ちばさみが　夢の浅いところを
切り落とすと　その子どもは　目を覚ます
また眠る　糸をとる、とは結局のところ
虫の作業を途中で奪うことだった

そのあたりについて大人たちは言葉を薄める
どのみち　殺生だから

〈お蚕さんａの証言〉

くわのはをたべているあいだは
まけまい、とそればかりでした
ぼうちょうするふかいかんをこなすと
あまいかおりにさそわれねむった
ゆきのカプセルをうたがわなかった
つぎに、ねつをぜんしんにあびた

〈お蚕さんｂの証言〉

カプセルのなかでめざめるとうすあかるく
みえないこえが　そとへでるように
うながしました　かっしょくのよろいを
すてるまもなくカプセルにあなを
うがちました　かぜもないせかいだった

とうめいなガラスのうつわにいた　だれも
いませんでした　ばしょがないので
とにかく　とびだしたカプセルのひょうめんに
しんじゅのたまを　うんでうんで

季節をちりばめたはぎれを集め　そばは
お手玉を作った　中身はあずきではなく
蜜柑やさくらんぼの乾燥した種子を使う
わたしがやると三つ以上は上がりませんでした
折れた針があるととっておき
針供養に出します
そぼは　毎朝　仏壇に手を合わせる
その中には二歳でなくなったおとこのこもいる
と　知っていた

熱を出した　固くつまった綿のふとんから
手を出し　足踏みミシンにひんやりさわっていると
そぼが戦前からのお盆に　水　おろした林檎　プリン
を載せて　入ってきた

窓からは　なかなか出来ない柿の木の一部が
よく見えた　ヒナのように口を開け　運ばれる
ぷっちんぷりん　厳寒プリン

そう　これを　その子にも　あげたいな
と　思ったけれどみんなたべてしまいました
その子はそぼのおとうとですが　年齢を引き離し
ぐいぐい成長するわたしはその子をかわいがる
いつまでもかわいがっている
二歳でも　雨垂れ石を飛び越して
隠れるのはじょうずだ　わたしはわたしのおとうとと
歌いながらいこう　探しにいこう
いまから

らじお・たいそう

火花のようにたれさがるくりのはなの
くりばやしで　農家のひとびとが
にぎやかに　開く　重箱　おはぎ　おいなり
しらない一人が　いきなり
びにいる・しいとの境界線を
ぱちりと　みどりの方角へ　はじけ
らじお・たいそうを　宙に型押す
汗ばむ背景を入れ替えて
せせらぎ、と呼ばれる
沢のみずは　いまだ傘の柄の　つめたさだ

秋になり　においの粒子が
烈しく増せば　身辺を　ひたすら
尾鰭で　かき鳴らす　遡上する
もとのみずへ至るため
ひとつひとつ　積み重ねる　動詞の

おとこたちは射精を夢みて
　ひるも　よるも
ながれのなかに
　そのただなかに

　らじお・たいそうを放つのだ

少女たちはやわらかい腹に
うまれながらの石を抱えるため
あおく　まつげまで　あおく　染まって
　羊歯がほごける
　雑音のささくれに
　そのまんなかに　うずくまる

八月の信号が角膜をうるおし
たわわにゆるまるおんなたちが
おかしな角度で
たっぷりと
横切っていく

転身

守ろう　としてさしのべたつばさの

目にしみる　そらとの界
西のひかりに背中を衝かれ　そのはずみで
たら　たり　たる　たれ　たれ　たれ
なみだに　にたものを　腋のしたから
したたる　アマ　ミズ
したたる　ユキ　ドケ　ミズ

いつまでも変わることのない
しかし　ゆっくりと　うつりつつある
おびただしい相似形がそらを
空のかたまりを　砕く
まばたきもせずにみている
　あのなかに
あたしと

おもいの矛先をひたと揃え
よびかわしたものがいて、
　でもな
いまや

見分けることが　できない
みらいにつなぐためには記憶を
洗い流さなければならなかったひとよ
腋のした　そこへ　きつく抱いた
はじめてのたまごの　ふたつはかえり
残るひとつは　だめで　つぎに

わたしはその中にいて、
ひいていく体温を
きょうだいたちのあかいあかい心拍に
捧げ

これで　なん度目か
世界から　こぼれ落ちるるる
「むすばれること」それさえ知らず
流れるあなたあたしあたしたち
すべての

守ろう　としてさしのべられたつばさの
尖端に　あつまり
無数の目が
みている
つぎの
巣の中

となりの火

天地の発作を止めるものはないので
豪雨のあと　みな　いきを詰め　それでも客車は
多摩川を　その橋を　わくわくと渡った

車内がゆるむ　窓が　いっせいにくもる
となりのひとが読みさしの本（カバー付き）
を開くので

つい、つまみぐいのように追いかけると

火事なのだそこは　火の手があがっている
消すことのなんとしても出来ない火は
ときに　見て　みぬふりを

　あるいはつたえて
　それで煮焚を

悔しいな
アマグモをよび寄せる歌を　すなおに
しっていたあのころはみんなしっていた
物干し場によく顕れるおおきなおおきな
ひきがえるをおがんでいたころ（とびきり
我流の五体投地で）ひきさまは　ほとんど
目を覚まさないため　気をひこうと
つちのまんじゅうなど　にぎって　そなえた
あのころは　おしえあったりしなくても　だが

　遅かれ早かれ
呪文は脱落する

　ぱちん、と叩いても
　てのひらに　何ものこらない

いまあの歌を　思いだせたら
まずはとなりの火を消して　それから
床へながれだすほど
じゅうぶんにそそぐのだが

目を離したつかの間うなだれる
あなた　わたし　かれかのじょ　この世の
首筋という首筋へ向け

（『いまにもうるおっていく陣地』一九九九年紫陽社刊）

詩集〈食うものは食われる夜〉全篇

モンゴロイドだよ

すすっていた
縁に二つの手を掛け
飲み干した　火に
かざし　あぶり　こんがり
思うこともなしに持ち上げる
歯と歯のあいだに　やがて
肉は骨から　だまって
離れる
だれもいないお昼
わたしは嚙んでいた

鹿の女

かざしもにその身をひそめえもの待つ
くるぶしは葦の波間に洗われて
あたたかな泥　ついとあめんぼ　ゆがむ雲
鼻先でみえない壁をおしながら　鹿
背のうえに星ふり霜ふるその箱の
からだをたいらにはこぶ　鹿
あたしは鹿のうちがわにその鹿皮のうちがわに
はいり　とどまり　はしりましょう
あたしはあした矢をえらび弾をえらんでとんでいく
そのとき　ひゅういと笛がなり
（ひとはそれを仕留めるといい）
（あたしはそれを抱きとるという）
いきもののながれのはてへひきずられ
地下にむすぶ水蜜の汗　ここがあたしの新天地
いきもののいのちのはてによこたわり
背のうえに　よみがえる夏　草の音
ひゅうい　ひゅういと　笛がなり

構えのなかに矢をえらび弾をえらんで駆けていく

蛤ロボット

噛まれたあとがよくない
羽のあるもの　向かい合わせる
返事を待っている　五日　待っている
事の余韻は　おさまりかけて　目の底に
翳もない線引きを　認めることに　なるでしょう
〔あなた〕はいつもそうだ
無いような　因果のとなりの空席へ
たちまち高く　そびえさせては
だれの目からも　逃れて腕組み
不安もあるけど　満足して　いるでしょう
（でしょう）

現われたものは　間違っていない
少なくとも　作ったひとには　でも
〔あたし〕のやり方はもっと　ちがう
いろんな大きさに切ってきて貼りつける
一枚　一枚　途方も　なくても
遠方から　近所から　頭に載せて　運んでくる
たまにはおかしいときも　あるけど気にしないの
論理の針　跳んで　ころんだ音色が　耳底
たたくことだって　二十四時間の地紋を
日夜　織り出し　広げていくうちには
あるでしょう　よくあること　でしょう
（気にしないの）

〔あなた〕は〔あたし〕に我慢ならない
譜面から外れるのは　ゆるせないから
眼鏡の玉でも　隠しきれない嫌悪を　浴びて
立っている場所　水浸し　草木萌動
〔あなた〕は　差異を　受け入れ難い
それでも〔あたし〕道草して　そこいらの
草を　春の草を　順々に　味わいたいよ
野にいでて　菜摘みの歌が　茎をのぼって

あふれるように〔にじみはじめるのを〕
待ちたいよ
序列には〔猿山の〕序列には飽きた
黙っている安楽に　食い破られないひとはいない
ほのかな暗闇の　期待を　口にしたって
日々の〔言の葉〕に　載せたって
ひどいことには　ならないと　わかった
方法も足音もちがう〔あなた〕と話が
できればいいと　望みは見えても差し替えられて
返事が
来ない

ひどく乾く
眼下に水　波打って崩すもの端から崩し
空が海に　しかたなく溶けだす線引き
縦にも横にも　浮かべる建物　蜃気楼
サイレン錆びて　ひび入れ鳴って
握る手　捌《さば》く手　皆　ひるむ
あれは　うちの　はまぐりの気

完成を　見届けてから　休ませる
おおはまぐり
身じろぎ
気は途絶え
岩屋の蓋も閉じてしばしの休息
まぼろし　刻んで　またあとで
窓　あるけど　書き割りなの
じつのところその景色も書き割りなの
来ない返事は　来ないだけで　在ることはある
たぶん　戸棚の　下から三段目
鈍くて遅い引き出しに　しまわれて在る
投函してちょうだいね
倍率よくないけれど　双眼鏡
両のまぶたに持ち上げて
目　こらして　捜すの

嚙まれたあとがよくない
羽のあるもの　向かい合わせる
返事を待っている

水の楼閣　薄れはじめた
おおはまぐりを　力いっぱい揺する
おおはまぐりの寝息をかぶる
おおはまぐり起き出した
双眼鏡を取り上げる　あれ
あれはなんだろう

この蟹や

この蟹や　いづくの蟹　百《もも》伝ふ　相模の甲羅
ねそべるかかとをさわって通過の鋏はふたつ
島影は　前後の挙動を飲み膨れ　起き上がり
捕えて焼いて食い尽くし　殻は船に転がして
昆布の破片を迂回して　かせぐ距離を先から
読まれ　波のまにまに放られ　ここ　どこよ

この鹿や　いづくの鹿　あおによし奈良公園
世代はいくらも遡り　芝を行き　芝を歩んで
薄くてまるい菓子を食み　尻から落とすもの
みずから踏んだり　角　交え　角を突き合い
落ちて生え　また落ちて生え　また萌える枝
にぎられ　狙われ　雀止めたり蠅を泊めたり
なにしているのか　わからなく　なってきた

この熊や　いづくの熊　三つ栗の　中山の熊
二年ぶりで会った人のつぶやき　熊の胆《い》って
ほんとうに効くんだ　親戚が撃ちに行くけど
貴重でさ　ちょっとしか取れなくて　飲めば
いっぺんで効いてくる　テーブルの下に置く
指を折る　四　五　六　懇意の熊を　急いで
数え　見知らぬ人が窓に顔　押しつけてるよ

食うものは食われる夜

音たてちゃ　いけない　今夜は
もの音たてちゃ　いけない

背をあわせ　うつろの胴は長くして
横たわる　濡れた眼玉に
すがた映し合い寝たりは　しない
背をあわせ　川音高く　聞き耳たてる
しない夜はなにも　させもしない夜で
音たてちゃ　いけない　今宵は
もの音たてちゃ　いけない
燃え落ちる魂つぎつぎとななめに光り
液体の法則にどこまでも抗い　呼んで
鱗　はげ落ち　岩肌　はりつき
川底から伸びあがるもの根こそぎ抜かれ
抜かれたものたち　押し流されて
小石の身震い　影の後追い　鰓呼吸
あかあかと　のぼるかれらに
沈黙の判例を　迷わず捧げ
声を忍んで　月に刺されて
くるまれている夜着のうち

これを聴いたらしんでしまう

これってなあに
おおすけ　こすけ　いまのぼる

忘れはしない　のぼってくる
呼吸を合わせ川床すりつつ上ってくる
みずのにおいは鱗の奈落へ染み渡り
内側から叩きのめすそのとき
中心に移ってくるひとつの考え
足を取るあおじろい回遊すべては
今宵のため　むすばれてきたと
川瀬に寄せられ　息　できない
しらないひとに　のしかかられて
言おうとする下にも　知らないひと
いうことが　あるんだけれども
飲みこむしかなく　集めない鰓に
遠ざけられ　殖えていく
満たされたのち　消えていく
積まれる仕草は　いつか寝耳に
そそぎこまれたものに　近い

鱗におおわれた音におおわれ
川明かり　余すところなく飲みくだし
河原と　人の家　押し包む

これ聴いたらしんでしまう
これって　なに
おおすけ　こすけ　いま　とおる
音たてちゃ　いけない　今夜は
もの音たてちゃ
いけない

東風吹かば

内側にはなにも咲かせず
からだの外側に咲き出ずる梅
咲き出ずる梅　飛梅さん
そのひとつひとつに眼を置いた
置いたままにして梅の

抑圧を睫毛で　はたく　そのとき
枝下を滑空するんだ
完結の時間をしめす音調なんだ

ぽしゃありぴ　ぷしょおり
甘めの音で飴の流れに垂れる過去
わかったぞ　ぬれねずみの
現在を餌付けするのは
そいつなんだ　傘させば
肩はたちまち濡らすために
在りはじめる

顔のことなど忘却してて
暗がりの
枝下くぐれば
蜘蛛だ
蜘蛛だ

まばらな林

あおむけに倒れる
　心根　岩根　色の底
　　臨時の充血は獣の目にさらし
　　　なんともまばらなはやしです
あおむけに倒れる
　さえずり食い込む　炎暑の四肢に
　　焚かれる準備は　背で進む　いま

そことそこが涼しくなって
（あおむけに倒れる）
小石は岩棚　目の先に
白眼持たない黒眼の目目が
はるか深くに　待ち受けて
（あおむけに倒れる）
ぱっと　捕まる　臨時の充血
どうにもまばらなはやしです

　ええそんなつもりなかったんです
言い訳だっていうんですか言い訳なんかじゃ
ありませんよ　そんな余裕ない
感情みんな飛んで
積まれる拡張　真に受けて
人間の眉毛と睫毛ってかわいい
そう思いました
あたしには睫毛なんてないけど
眉はもちろん　ないけど
あたしたち　目　合わせた
　草木黙らせ
目　あわせてから　這わせた
　こらえず　風立った
そうなったんです
ただもうそうなったんです

（あおむけに倒れる）
焚かれる準備ととのって燃される
あー、顎に火がついた　あー、肩に火ついた

あああ、つま先に火　ついた
なんともまばらな林の地面に爪を立て
小石は岩棚　蟻　渡り　蟻　蟻　わたり
滑って落ちて　なにもない　ふりをする
あたしの背の下に敷かれているでしょ団栗が
それはもう　だめ　朽ちて　芽　出られない
敷かれてるでしょ葉っぱが穴あいた葉っぱが
それはもう　だめ　土に帰還の途中下車
どうにもまばらな林の天井　口を開け
雑に注がれるさえずり
　粗雑にそそがれる半鐘
　　あおむけに倒れる　草木は黙り
人間の眉毛と睫毛って
かわいいと思いました

ほらあな

毛のはえかわる季節には
なるたけ　人前に
あらわされないように
している

やさしい岩をつたいながら
たどりついた　奥　ここは
日もささない
はてのみえない天井からの
ぽたん　きょたん　とてん　とん
ぷとん　ぽとん　てん　とん
かぞえ
うけとめる
それだけで
いちにち

北極星をおがみたい夜
ふるい毛とあたらしい毛を
しめらせて
苔の呼吸を

ふみしめて
いりぐちまでをひきかえし
にわかに　みつける　ふもとの火

いやだな

討とうとしているよ　わたしを
あたしはなんにもしていない
やまはだ　やまひだ　やまびらき
やまいも　やまどり　やまのさち
奥の奥へと籠もろうか
山の生活
やめちゃって
やきとりやさんを　やりたいな

シベリアルート

河の眉間がざぐりと割れて　渡るにはもう遅いだろうね
鏡の破片で川面はいっぱい　とりのこされる　狐やテン
うろうろおろおろひだりみぎ　揺れる彼らをとり戻す
それは無理だよ近づけない　ちいさな獣をのせたまま
どんな氷も遠ざかる　渡るにはもう　遅いだろうね
許されたわけでもないのに　たっぷりとながめている
ほんとうは　願っているのだ　見とどけることを
眺められる彼らは　眺めない　鳴いている　赤い袋と
なって鳴く　仲間を　呼んでいる　のかもしれません
地鳴りの兆し　冬陽の受精　すべての掟は忘れ去られて

空気が声帯をふるわせ名づけられたことのない
情緒が　　着陸ポイントを見つけられず
会合のように延びていく　　ききおぼえのない
葉擦れが　　白昼のたましいを　おおっていく

河原へむかう四人の足取り　あかるい線を雪につくる
点と線　　ふたりは成獣　点と線　　ふたりは幼獣
背負われた包みの中身はつめたくちいさなもうひとり
地上に属さないひとり　河岸への雪を　羽根のように

「またなにか溺れたよ」

「きこえた?」

「きこえたよ　あのときの声が」

「落ちたら十かぞえるうちに凍るよ」

「たすからないね」

「たすからない」

見えないところで速いので
見える流れは静かでした　黒い流れに白いもの
そのとき　きみにあげられるすべてでした
包みの人を四人は放す　枯れ葦のおばあさんたち手を
打って慟哭し　はじまりの水に
引き取られていく
さよなら

帰りは　行きとちがう道をとおってかえろう
包みの人が追わないよう　振り返らず行こう
流氷の上　身をふせる今晩の　おかず

「し」
息をとめ頂点を知り空が　落ちる　それから
まるまるふとったおいしそうな　うさぎ
駆けよれば　雲間から　陽の真顔がのぞき
断りもなしに固くなっていくものをぶら提げて
歌いながら帰る

毛皮

斜めの幹に苔むす森へ
どうにか　いちにち　出かけてきたい
染みつくものを落としてきたい　けれども
袖を　通されなくては　ひとりで通路も
行けないし　切符買えない　列車乗れない
脚がひとつも　いまは　ないので
　森への帰還を　目論む赤毛
　あのとき途中で　罠に飛びこみ
　知らない時空を　平たく　さまよい

剝がされ　干されて　それからは
未知の身柄を　くるむばかりで声もなく
取り憑いてくる人の匂い　ハンガーに
おさまる夜間も去らない匂い
　こういうの　着ていくところないし
　仕舞うところもないしね
　どうしようかと　思ってるんだ
　フリーマーケット出しちゃおうかな
　けど知ったらお姑さん　かんかんだね
　いらないからって　くれたんだけど
ひび割れ女　成獣の皺は目尻に立たせ
赤子の揺り籠　ゆさぶり　酔って
斜めの幹に苔むす黒森　毛皮の子どもは
とうに育ってその次世代　そのまた次世代
罠に掛かるか　掛からぬか　子どもなくすか
親をなくすか　最後の声は　樹の根の舌に
いつでも吸われて　葉　打ち震わせ
数ではなしに　数は動いて
　ねえ　ちょっと　羽織ってみたら

　鏡のところで着てみてよ　どう
　袖がすこぉし長いかな　どう
　やっぱり多少　重いでしょ　最近は
　暖冬暖冬で　ぜんぜん着ていく
　場所もないけど
借りれば　狐の革衣　ぬるりと袖を通させた
姿見が　映し出すのは　これはなに
釣狐　突然　脳裡に繁茂の黒森
かしいだ幹に苔むす黒森
マンション五階　二段抜かしの轟き
愕然
罠にかかった悔しさを
活かすなら
いま
ゆるまる　黒森　底光り
潜伏　遁走　ひそんで駆ける
人の匂いを渡り切り
文字なき谷へ
隠される

オセアニアルート

鱗の紋を盾に彫り
黥面くろぐろ施して
波の隼人は　そぉれそぉれと
渦の隼人は　そぉれそぉれと
とどろき寄せて砕けて散って
潮にながされ風嗅ぎ駈けて
島釣る星の上がるむこうに
鳥のそら音の曳く　海坂を
塞《さ》されてゆけないその海坂を
勇魚の背なか　見おくり祈り
見え隠れする尾の帆　見おくり
そぉれそぉれと　さようなら

はあい　捕られなかったもん
槍のひとつは　かすったみたいで
だけども捕られなかったもん
（この潮道はあたし知る道）

ここまでくれば舟追いつけない
かれらの唄は　もうきこえない
（この潮道はいつも知る道）
次いらっしゃるなら御馳走たっぷり
供えて迎えるそのつもり　と
嘘もほんとも　掻き混ぜ歌った
手音足音　太鼓の音も
みんなあたしに　向けて歌った

この潮道はあたし知る道
こどもが生きていたときは
息の吐きかた　吸いかたも
教えて　泳いだ　道でした
突かれ叩かれなぶられて
こどもは綱を　掛けられて
舟に曳かれてゆきました
いまは　塚には　骨ばかり
御馳走そなえて迎えるつもりと
かれらは幾度でも唱えて歌う

ふふ　おかしいな　おかしいな
この潮道はあたし知る道
だから幾度でもかようのです
こどもの骨が呼んでいる
水を見おろす水なし岡に
こどもの骨がうたってる
捕まったのも　わるいのよ
思って　あわてて　打ち消して
凪の新月　聞かせた唄を
岡にうたって　鎮まれ　鎮まれ

おお　あのときか　あのときは
天の磐楠舟《いわくすぶね》　速鳥　翔けて
親を仕留めるつもりで追ったが
浅手も負わせず　深手も負わせず
たちまち海割り　逃げられた
おお　あのときか　あのときは
こどもは捕ったがちいさくて
髭も油も少なくて

岡に土盛り　骨　埋めた
骨に供えて拝むんだ
鯨　鯨が　来るようにって
いらっしゃいって拝むんだ
潮
見えたら
合図するんだ

東京湾

獣のどこの骨だろう　削って磨いた釣り針に　昔々のその釣り針に
大魚　小魚　満ち潮　引き潮　とどまるものは　なにもない
遠ざかる土より　掘り出されたとき飛び去った　積まれてきたもの
揃って流れた　鋭い先のがら空きに　深い磨滅の　そのがら空きに

近づく人は　みな　掛かる　ふたり連れ　親子づれ　だれも連れず
連れられず　ひとりぽつんと　来たひとも　むかしむかしの
釣り針の　展示ケースに　足を取られて　行きかねて

このあたりまで海が　来てました　いまより　ずっと内陸まで
描き変えられた海岸線　肋骨に降ろし　幾度も素描してみると
あのビル　あの道　あの交差点　あっさり沈む　黒潮に
だまって引きとる海の背に　のこのこ従い　移って行く
乾けば乾くほどに　移り住んだのです　魚も貝も捕りました

博物館へは　行くひとと　行かないひとがいて　行くひとは
集められたものの集められ方をいちいち　腰骨かがめても
たどる　なに見ているのか　だれも　知らない
知ったような気もち　というのはどれくらい　あかるいものなのか
測ろうとして　指から　こぼして　入場券の売り場に
貼ってある六十歳以上割り引き　けれど自分ならどうか六十過ぎて
見に来るかどうか　倍の齢《よわい》をあたまに浮かべ　胸にはりつく髪を
はらって　あんまり来ないかも　しれないな　たまには　来るかも
獣の骨の釣り針を　ながめる代わりに　なにして　いるのか

地層から出てくる貝は　あさり　はまぐり　浜で煮炊きを
してました　その浜　ない　その波打ち際　ない
あったところに　もうなにも　ない　吸われた半

島　消えた湾

地のかたちなら月日の行き来にくらくら飲まれて

来る日も来る日も魚　捕って数えて　火にあたり　どの
　家系も
野に近く時を巻き　継ぐものを継ぎ　生きたころの寿
　命　平均して
四十にとどかず　六十にならない　割り引きなくて　な
　にして
いたか　水に　かまどに　手をあわせ願っていたのか
曲がりこんだ釣り針の先　そのがら空きに
引くに引けない夜景が掛かる

旧交珊瑚

口から生まれた人と
人目から遠い枝の下にて向かい合う
夕刻浸透　巨木の影はお台場までを覆う

猫背のひとは　膝ふれ対峙の　この人はなぜ
少しの隙間も　作らずに
言葉で　埋めて　行こうと　するのか

（水深三〇五メートル　赤珊瑚　骨格伸ばし）

舌で　言葉で　言の葉で　二つの浮き浮く
魂の　あいだを埋めつく　そうと　するのか

（水深二六〇メートル　白珊瑚　蟹隠し）

いつまでも気づかない　滑車の回りのその舌が
合いの手入れる隙さえも　あたしに
与えていない　とは
おしぼりで　拭く物ないからくちびる拭いて
言葉のポリプは海底付着　枝　枝　延ばし
もはや知らない海域の　潮位は刻々
あがっていって　この身を
寄せる高台も　ない

（水深一七〇メートル　桃色珊瑚　骨組み直し）

話したいだけ　じぶんのことを　話したいだけ
聞きたくなくて　そんな空気の大潮が　ぞっと
押し寄せまた引いていく　あたしは潮に足取られ
返せる言葉はなにもなく　一度は瞳を見つめたが
潮は流して　大潮　ながして　彼女に舟の
備えなどない　猫背の岡を　枝影たたいて
枝影叩いてこちらを向いて

（水深四一〇メートル　紅珊瑚　骨格伸ばし）

ごめん　そろそろ行かなくちゃ　え　なんだ
そうなの　またメールする　はい　元気でね
彼女は自分を　話したいだけ　聞く耳二つ
忘れてきたのか　来る道々で　落としたか
底引き網もとどかない　光をたたむ波の底
大潮　黒潮　海の底　こっきりと　首まで
鳴らして　猫背のひとを　置いたまま出る

赤珊瑚　白珊瑚　桃色珊瑚　紅珊瑚
かたち成すまで
時間をかける

誰にも見えない降伏の旗

非常用のごはんなら　まだある　牡蠣フライなら　まだ
予告された摩擦は　足早に過ぎ　なにもなくてよかった
ね
はや　はるだ　地上を窺う　しつこく掘り返される穴底
から
窺っている　みどり　みなぎる　みささぎ　見巡り
みかどのみみかざりなど拾って帰る晩は　はやい男など
いて
こんばんは　なじんでいく　ここかしこを　損なう

やり方を知っている　それなら　岩に　ふかく　えがいて
布陣の数を　かさねて燃やし　また　ひろげ　リモコン
ピ　モノクロの半世紀前じぐざぐに　追われて島の
断崖から　わたしのおんなが飛びおり　よう　としている
降伏の旗など　あたし　思いもしない彼女は（鳥で）
つめたい空を　落花　わらわら

この霧が晴れたら、さっぱりと晴れたら　この子らを抱え
ひだりの岸へ渡ろう　ゆうべのなごりの　牡蠣フライ
とおい電子レンジで　ふす　と　控え目に爆発　すれば
はじめて、のような顔して　わたしたち
わからない　ただ　まっすぐに
下ろしたての
箸で突く

発音審問

同意しないのに舌へ手を　掛けられる
決して同意はしないけれど　舌つかまれる
羽化する蟬の数と　こぼれる露の数が
きまれば　夏時間の採用も　間近
砂地にうずもれた〔わたし〕の前に
車のついた黒板　曳かれて
あまりにおとなしくそこへ居座り
標準語とはなんだ
そう　問う

受信料払っているけど知りませんそんな
ほんとうのことをすこしだけいってみる
（竹藪　色めき　頭骨の内側　掃き清め）
こうなったら　どんなお咎めにも
そう心に　ひそかに　決めても
振り下ろされるもの　よけられないように

固定されていた　目はかたく閉じていた
（竹藪　色めき　頭蓋の裏側　掃き清め）
五カ月前にも発音のことで　ちょっと
あったんです　呼ばれたんです
〔き〕の音がまずい　と
そんなことがあったのです

〔い〕の母音がおかしい
〔い〕の母音があまい
〔い〕の母音がゆるすぎると

おそらくは洗ってもいない指入れられて
舌の根　調べられました
訓練用の手鏡　貸し与えられました
音は拾えず　鏡面に無音　打ち広げ
首と心と傾けて　覗くうち
逆らう気力の　萎えるのは　謎
問われることよりもいっそう深い謎
おはなしになりません　こんなこと

だれの発案なんだ　上からの命令か
しかもいわれるままに練習する

母音というものは発音上
もっとも難しい部類に属し
首のうえに頭蓋骨　ぱっちり
（クロマニヨンのころには　もう）
場所を得て　はじめて可能に
なったものだと　聞きました
意識の遠い銀幕にそんなことを投影
助けにならないと知りつつ回想

「舌が奥！」
そういう判定だった
言い掛かりではないのか
不本意だが　すかさず反論の余地を拾えず
白牡丹開いて　水やるの　忘れてきた
猫は　ご近所さんに頼んできたけど
鉢植えまでは間に合わなかった

ああ　そんな　無理です
片方の貌から　もう片方の貌から
湧いてきて濡れてきて無理です
いくら鏡に映してみても
奥なんです舌が
駄目なわけ　もう一度
聞かせてください
　夏時間まわりはじめる
　　手の皺　急速に込み入る
　　　怒号の渦潮　そこへ飲まれる

ひとの代わりに露はこぼれて　貌
画面みたいに　しぼんで　瓦解
舌が奥
言い掛かりでは　ないのか
大きく動かしてみる口は
ロボットに似て
鏡を置けば燃え尽きる
竹藪　群雀　一羽残らず引き連れて
難を避けても　退却ではない
別の館で策を練る

蝸牛

ででむしの子どもたちすきとおった箱をのせ
固まらないやわらかなその箱をのせ
うしろへは引かない
なにかあれば
潰れる
いなくてもいいけれど
めくれば　いつも　地に近くいる
箱に入るものは　からだだけ
ほかのだれにも　用のないもの
（たべるひとを除いては）
ででむし　そのためにいつでも
屈むわたしは
植え込み覗いて頬を切る

血をにじませ　ででむし探す
その渦巻に棲んでる　いまも
棲んでる

ででむし朽ちても殻だけ遺す
それは地面に落ちている
焚火の途中　拾って投げる
縞に火がつき
縞以外にも火がつき
くすぶる諍いはうしろで窓割り
新たな穴から皿　飛んで　墜落
音からしておかしい割れてない
買い換えたようだ
（その扱いにも鈍い素材に）
女の転居を願いはしても
ゆく先々で　ふたたび　きっと

ででむしの子どもたちすきとおった箱のせて
やわく軽くしかも詰まったその箱のせて

追えないほどに　散らばり果てて
なにかあれば　まっすぐ
潰れる
いてほしいと　石をめくればいつもいる
（いない殻はしずまりかえった水を貯め）
釜にむかう柄杓《ひしゃく》　その速度で万事うごく
隅にあつめ　すきなみずを暁に垂らせば
波紋にのせ　ひろがる　ででむしの思い
その渦巻に三十年ほど棲んでる

三輪山

遺伝の葦芽《あしかび》は見逃さない　うすい考慮に
いっさいのほとりを埋めていく　精密に
うずめてゆく　目の春には　平気で育ち
ひさかたの空　葦芽よけて　あまく遠のく

たらちねの

お母さんに訊かれちゃって
相手　誰なのって　で
言っちゃったんだよね
夜になると　横の戸　開けて
入って来るおとこがいてって
だって
ほんとのことだから

あんなむすめにも　夜な夜な　通うひとが
あるらしい　のです　わたしと父親は　誰
なのか知りたいと　思いました　好奇の芽
が　あかねさす　日追い　茎のばす　それ
を　わたしはわたしたちは　刈り込まない

二親それぞれ　かたち異なるそのかしらを
寄せ合い相談し　こう教えました　床の前
赤土撒いて針に糸　穴に糸　おとこの衣の
どこかへ刺し　刺せ　目蓋の裏道こっそり
知られず　気取られず　やるように　と

たらちねの
お母さんにいわれた
針を　彼の服に刺して
糸がどこへ　のびてゆくのか
それで　わかるって　あいつが誰だか
悪い気もするけど　知りたい気もして
いまのいままで　言葉では
なんとはなしに
訊けなくて明け

月影ない夜は
かたち無くすまで　溶かしに溶かす
室《むろ》の早咲き　この早咲きに　息　曇り
室にいるものは　それぞれがそれぞれの
卵とも成り　繭とも成って　脇に抱き
あたためあって押し殺す
松の針　その枝々に
雫は回りすべて映して

地に壊れ

衣の裾に　刺した針から　糸は延び
糸は生え　闇夜を曳いて　絡まらず
　暁露《あかときつゆ》は　落として濡れて
片葉も茎も切り倒し　はしるはしる
糸走る

鉤穴《かぎあな》
抜ける細糸のまにまに尋ねゆく先
ゆるゆるゆるゆる盛りあがる　あれは
みわやま　味酒《うまさけ》の　美和の社
そうしてわたしたち　知りました
むすめも　父親もわたしも　知りました

美和の山肌　目に押さえ　焼きつけた
ここぞと連なる　血の葦　葦原
遺伝の茎は　退き　静止し　揺り戻し
すべての鈴が　滅　と鳴った

わたしが生んだ女は顔いろ無くして
ふたつの貝をおとなしく閉じ
ひと言もありません
滅　と鳴った

姉と妹

さねさし　相模に棲んで
宵待ちは　松葉くずしに
突き立てられるとき　目を開け
浅い工事現場の　ように　聴いてる
先週なにかを　滑らせ堕ちたひと
知らないひとだけど　助かったかな
　あのとき　無縁の淵から
　漏れ出すサイレンは間取りを
がんじがらめに巻きつけ縛りあげ
ぬばたまの　夜闇へしつこく　吸われていった
くくられた跡ばかりあかるく　壁には残って

自分の前に停まるまでは全国共通二拍子も
　とおいところへ　ちんまり　飾られていた
　四角いものの　四角さに　おもいがけずも
　拝まれて〔わたし〕の骨格　隙間の裏目で
対位法に鳴らされる

歯を立てられ飛び出すほの白い因縁
姉の背は
掛けてはいけない電話を三度も掛ける
ちぢまるか　と思ったら　もはやどうでも
厚みのないほど　引き延ばされて
このごろでは読まない本へ　ひと息に挟む
掛けるべき　そういう電話を〔わたし〕は
掛けず　黒雲抱いて雷鳴に　深くしびれて
ただ影とその　うしろすがたを

打ち見る高揚
散り敷くわくら葉
　姉の骨を　白い枯木に組んで焚きつけ

　鳥辺野　煙　眼底行き過ぎる予行演習
観ているだけの　妹　ことば　出ない
　観られているだけの　姉　ことばでない
　ひしゃげた部屋に籠もる姉の　ベランダ
　　どうにもならない設計どおりの芥子鳥兜
光もらって　つよく違法へ
葉に葉　追わせて
血の渡航のみ　高く狙って
さねさし　相模に棲み
宵待ちは　松葉くずしへ
突き立てられるとき目を開け
工第現場の　ように　聴いてる
甘い雁文字　草書の乱れに
あたま走って

児童相談

そのとき母屋の西側で

嵐の淵からどっとあおざめ
悲鳴に全天刷り上がり
はじかれころげて駆け寄ると
四角く弾んだ窓の光に影走り
人に類似の骨格が　赤子の腕を
その片腕を持ち　したたるものを滴らせ
なにか違うもののように　食べていました

赤い両眼して睨み合う一秒　二秒
高照らす日に　灼けつき裏返る砂地へ
その白さの内界へ　逃げ落ちる
片腕はもどりませんでした
赤子は　助かりました

怒りではなく　憎しみでもない
ただ　たべたかったのです
みずみずした木の葉と交互に　にくを
たべるのもいると　あとからききました
どのくらい、と空腹　測るすべはなく

非常食だったのか　間食だったのかも
知ることは　できない
どちらにしても同じこと
腕は　もどりませんでした

裏で
鳴りたくもない樹は鳴り
朽ちかけたところで羽は　たたまれ
左眼　右眼　交互に開いて拍を取り
日と月の　片眼ずつ閉じ　時　送り
衛兵のようなその交代を胸前に　降ろして
黒々と広がるものを　そばに認めた
危ない危ないとは　思っていたのです
それでも赤子を　安全な檻に置かず
二重の薄氷も
見事に割れる

もうだれも泣いていない
蟹のような音がうるさい

掻き混ぜられた最初の日には　海面押して激しい芽
もどされない腕　鍵は解かれて細胞分裂はじめる芽
肩越し振り返り　打ち見ると
遺されたほうの手でばなな
摑んで食べています

隔世遺伝

過ぎても居ることに遠慮はいらない
いいんですよ　ええ　いつまでも
ことさらそう伝える家主の秤《はかり》に
抱えるものを　載せかねて
すぼまる井の底からにわかに汲みあげ
骨やら　殻やら　芯やらと
裏手に
埋《い》けるよ
生んだものたち　皆離れ　音沙汰もない
無事でいるならそれでいい　それでもいい

やせ我慢と　増えていく菊の世話だけ
日々の膝前には　積まれてゆく
釣瓶《つるべ》落としの　その明け暮れに
（江戸菊　嵯峨菊　伊勢菊　肥後菊）
補聴器と眼鏡をはずして
斜め右から
懐かしいものの訪問を
受けて沈黙　応えず
膝頭そろえ聴いている裏庭
（はいはい）
誰かのために
というのではない
じぶんのために
踏みしだいてきたこの歳月の記念のため
　踏みならしてきた道が元へ還る印のため
　　掌に刻んだ角筆《かくひつ》のために
　　　皺の運河を往来する小舟のために
　　　　小舟に縛られ　連れ去られる女の
　　　　　足の爪のようなもののために　黙禱

（はいはい）
前に送ってきた写真にあかるくおさまる
おさない孫　少しも　似てない
暦法分かち合い深くあからむ地上に同席
ほそる願いは　日記に　挟む
（坂本菊　耳鳴りに効くし）
（阿房宮は揚げて食べられるし）
　きいろくなった葉　摘み取りまるめ
　　家主の不機嫌と合わせて裏へ埋ける
　　　霜が降りないうち　用意することを
　　　　いくらでも数え　ひらがな　震わせ
　　　　　書きつけて　首も掻く　遊びに来れば
　　　　　　いいのにね　前触れなしに　急にでも
遊びに来れば
いいのに
枯れのこる菊　霜に色を研ぎ
喘息のすずめ落ち
指先は　こめかみへ
思い出せない

かまきり

枯草を
泳いで
かまきりの前へ来た
押し出された
かまきりの
前に
こわばる鍵盤　運指の呼吸
振り上げられる　鎌と鎌
そのあいだに顔はある
知っているような気がする
正面から斬りこまれ
よけると
両眼は緑に深く燃え　燃え上がり
ぶあつい誤解に焦がされながら
かまきりは移って来た
きつく重なってきた
野の生きものだけれど

空に属する強引な力で
なかへ　なかへ　移ってきた
断わりもなく

凭れの要る男が　背凭れのない椅子に
腰かけて　理由は包みこみ　崩れている
声かけることなく見ている
この距離に入ることは二度と　そうわかって
いる　見知らぬ人　見ることはいま
鋭さと鈍さのあいだを移動
緑の両眼が胸のあたりへ
ひと息に　開き切る
首を垂れると　男は突然　寄って来て
替え利く首根に　おろしたての
刃を当てて

かまきりが欲しいなら
腰のあたりを素早く狙い
低めに押さえて　はい　終わり

どれほど反っても　後ろには
鎌の白刃はとどかない
見かけよりもぬくみのある
からだに　そのとき　触れず
すべて憎悪は　背後へ放られ
弁明の櫓を漕ぎゆき　疑惑を背から前へ抜く
倒すための鎌　そのことに終わりは来ない
この先　幾千年　過ぎ行く後にも

枯草泳ぎ
はじめての誤解は
かまきりから向けられる
とっさに宙掻く捕虫網その首を
刎ねた

二重の欲望

海胆《うに》をたべない国から　三日の出張　その人のとなりに

隙間のないふり添って立ち　ながめる先へ海胆の集まり
食用でなくても　おいしそう　水族館　人工の　磯遊び
暗い水輪のみなもとへ　寄せて　返して　落ちるもの
割り切られた場所に　転がる大小　起きているのか
ねむっているのか　わからない　起きているのが六なら
眠っているのは十五　蛍光燈　浴びるとき　息して
打ち消しの波は　遅れに遅れ　追いかけて　今度こそ
はっきりと　おいしそう　触れていい　そう書いてある
ここのひとが勝手に　決めている　海胆には聞かずに
つまみ上げ　濡れたまま　黒く手に受け　手を濡らし
中心を　重たく湿らせ　たべられることなく　この先も
さわられるだけさわられていくやつに　息　吹きかける
海胆を口にしない国の人　おとなしい鼻先へ　近寄せて
栗みたい　だいじょうぶなのさわっても　あぶないね
よりいっそう　おいしそう　干からび切る寸前
水へ放れば　後ろから覗いたよそのひとが　突然
たべられるんじゃないの　それ　そのままで　生で
閉めたばかりの蓋　跳ね上がり　隠した流れ　暴かれる
そうか　たべるんですねこの国では　黙ることが亀裂を
ふたりのあいだへ　しずかに引いて　中身ですか　そう
割って中身を　醤油つけてね　食べ方まで表へ押し出す
笑みの背に　鋭く羽ばたくもの見えて　浮き足みえて
そう　脇向けばもう　澄んだ別の水槽へ　移ったあと
消滅が立ちこめ　触れたのは　どれ　同類にまぎれて
探せない　あれかな　荒磯《ありそ》の岩陰　身をかがめ　ひとの
におい払おうとしている　あれかな　身の底から光って

乾杯

引き取り手のあらわれない行き倒れが
　提供されたんだ　そのころはね

押しだまる同意の　うしろ側へ呼ばれる
水音なめる猫舌の　音階ぬけて　開き直って
漏窓のきわ　なにか散り　気も散り散り
音でなく　音と音のあいだに

挟みこまれる休み時間　その幅を
耳奥で　測ろう渡ろう　渡り切ろうと
こころみながら　散り落ちる
集めることが　できない　とても

　行き倒れの　爪先は伸び放題
　おんなの　ひと
　だったんですよね小柄で
　提供されたものは　めくられ
　はがされ　持ち上げられて
　いよいよ　ちいさく　ちいさく
　ちいさく　なって　ゆき　ました

つづきを聞きたくはない壁を向く
壁面から咲き出る手首の群れ群れ
その指先を取り　爪を取り
端から手入れし　染めてもいく
「最大限にうつくしく」
そう　小壜に刷られているつめたい文字

意味はわからず　心こめてひとつずつ塗り
まず先に　乾いた手には最大の
傘　握らせて　その下に宿る晴れでも
責めたりなんて　しません　だれも

夜中でも屋根をひろく震わす
波打つ眠りに寝返り打つひと
眼球そよがせ　あらゆる角度へ見開くひと
変えたのだろうか飛び行く高度
苦情の電話しようにも掛ける番号ない
行き倒れの話していた言葉わからない
朱色に曲がるくちばしが　日付をくわえ
変わり目へ飛び去る　目撃される
雨後の煙突　けむりは低め
細胞の過ごした時間　まぶた閉じ蓋をされ
残りはしない　だれのもとにも　どなたの部屋にも
雨後の煙突　場面を延ばし　鈍い角度で立ち上がる
あとには　こまぎれの　軽やかさばかり残されて
散ったものなら　花の怯えに　渦巻いて

猫舌の音階駆け上がりそのそばでにわかにおしまい
これでおわり　乾杯　また生まれるときを
松

火中出生

ごおっと鳴って貝の内側に引きとられ
なんのことだか　わからない　そのとき
枝から堕ちてくるもの地のいちいちを鳴らし
おどろかされて　あたまにくる
こうしたことには慣れていない
この先も　慣れることはないだろう
振り向くと縮んでいる
関係は　なくなりながら生まれてくる
その網は　縮みながらひろがっている
要るよりも多く　かどわかされたものたち
見通しをなくして　しぼんでいって
励ましたいけど　声はまだない
はげまされもしたいけれど入れ物はない
もはや知る方法により　細胞をあやせば
もうすぐだ　と　だれか　さけんでいる
どこから叫ばれているのか指にも摑めず
あたらしく伝えられたばかりの音色は
またたくまに息でなぞられ
そうしているうち凝《こご》ってくる
くらげのような前後と左右
これでだいじょうぶなのかな
いくつもに裂かれた河は爪の先々で干からび
その先端に灯をともし　なにに使うのか忘れ
わすれても困らないようなので胸なでおろし
地面には薄く塩さえも浮かび指先で舐め
這っていた
這わされていたのかな
身を起こせないのでよくは見えない
行ってしまったな　と思うだけ
またいずれ　還るとき
列に加わるときが来たなら

ペンの執り方　思い出し　写したい
途切れていても　ぼやけていても
前後左右　その成り立ちを　知る顔を
それは　隠されているわけではない
まばゆいばかりの堺をいそぐ

根の国

帰っていく背の真ん中に
ひとすじ
夜道がひらける
奥へ奥への気配はあるけど
すぐに曲がって
先はすこしも　見えません

道の左右に　奪われるほどの太い幹
次　次　次と　ならんでる
月影ない闇夜には　この闇夜には

空よりも　繁みのほうが　一段と
暗い
そのくらさに　よどみなく煽られ
いらないものを　いそいで捨てる
無言で放る
彼女に　倣って

縒り合わされた昼と夜の合間
立ち　しゃがみ　座り　黙り
その身のふところ深くに輪を重ね
行ったことはないけれど　その道
人気《ひとけ》ないことだけ　知っている
あるいは　人でないものは　どうだか

灯かりもないのに

そう案じたとき　ぱっと点いた
口にせず案じたとき　ぱっと点いた
なんの灯だか　わかりません

根方の木肌は手前から
予告なく浮かされて
入り口と
あらすじが
見えた

あ　みえたね　いま　みえた
一瞬の暗示が足もとの深くを照らす
充分なのだ　それだけで　あなたには
あとは　耳と勘にまかせて　行く
漲りつづける幹と幹の
あいだについた道
その奥へ
奥底へ

食むのも啼くのも殺すのも交わるのも
しばらくやめて
うっとり
鎮まり

棲んでいるものたちみな休息する時刻
ひとりで行く　と彼女は　いうけれど
止めたりしません
この地熱とうに退いて冷たくはない
指が離れようとするけれど
かなしくはない
そこが彼女の入り口と
知っているからです
わたしはわたしで別の
暗がりを辿ると
知っているからです

帰っていく背の真ん中にひとすじ
夜道がひらける
奥底の気配に言葉は眠り
うしろすがたを送る
ここにいて
見送る

（『食うものは食われる夜』二〇〇五年思潮社刊）

両目をあやす黒と白

夜の糸を切れないように紡ぎながら
はじめての写真は　角張った蜘蛛を遊ばせる

「これは何でしょう　この黒いのは」
「これは　ひびをふさいでいるんでしょう　窓の」
蜘蛛じゃない
乱れた修復の跡
窓硝子に　在ってはならないと（だれかに）
決められたその傷跡を
仮にもふさいだ黒いテープの
飛びこんで来るものを待ちかまえ　放り出し
そしていきなり　蜘蛛のかたちを解いて　ほどいて
黒く奥まる道となり
くろぐろ奥まる細道となり
辿ってもどこが　はじまりなのか（さっぱり）

昼の
みじかいあいだ
鳥たちは黒曜の粒
小鳥たちは石英の汗
燃やしながら空へあずけながら
ほろほろと　飛来して
磨かれた　窓へ突っこむ
鳥たちには見えないのだ　窓
目印のために少し
よごしたままに
しておいて

ここまで書いたら突然、わかった。探していたのはほかでもない、距離のことだったのだ。蜘蛛から変わったその道の距離ではない。どこから言葉を汲みあげ、どこまで、とどけるか。測ることのできる瞬間は、限られている。けれども、それは確実にある。あらゆる動きを決め

るのは瞬間だった。置き換えの利かない瞬間が枝葉多い
分かれ道、深くそだてて。逃がしたり、追放したりする
のだろう。

探していたのは　それは
はじまりの　点ではなくて色のない　距離だったね
近づいたり離れたりを繰り返す（写真とも人とも）
床は　木の音をめくりながらひたすらに再現し
木目は　消し残された指紋の波の
ゆるやかさ　渇いて
めきめきと幹　立てて
繁らせて影
また影
影

「これは何ですか　部品のように見えるけれど」
「部品じゃないでしょうよ　植物でしょう」
「めしべかな」
「めしべでしょうよ」

立ちあがるその先の先
写ってはいないまっすぐな空が
雨ではない　たぶん　曇りで
閉じる花びら光待って低く息
柱は集める
水の音の源へ　浅く傾き　朝　待って
蟲　鳥　人　だれも　いないけれど
集めるためのものだと　わかるのはなぜだろう
呼ばれている

夜の
みじかいあいだ
しろいものをたたむ花
膝　揃えて　たたんでいると
しろいものをたたむ花が先に
終えている

花は内側のつくりばかりが撮られていた。その一枚一枚
を暇な蟲のように移動する。意思とは無関係に花粉にま

みれて、だれのためになるのか、花粉を運んでいる。この花のためなのか。この花の子孫のためか。運ぶこと。運ぶことの、まさにその内側に目的も行く先も、見えない終わりもはじまりもあるなら、遠い眺めも、引き寄せられるだろう。舟のように。島のように。また鳥影のようにも。

「これ何でしょう」
「人ですね」
「じゃあこれは」
「親指です　猿かな」
「これは」
「これはコンテナ　運ぶため」
消えていこうとするその腹の文字が
積荷の中身を隠して　います
隠していることも　隠して　います
知らない字だから読めないのか　それとも
消えかかっているから　読めないのだろうか
それすらも　かるがると不明　かるがると

かつて
重力に従う駅では
そのそばを通り過ぎたような
どこを見ていたのだろう
そのときは気づかなかったような
かつて
詰められていた
そのコンテナに
詰められて　あらたに運ばれる
なつかしい音　かなしい音　絡まりながら
黒白の音　混じらずに落ちていく
窓がゆるされなければ耳つけて追いかける
どこまでも

隠す葉

わたしの服は　おおむね　おとなしい

着たり脱いだり　されながら
重なる順は　おおよそ　決まっている
みんな木箱にしまってある
わたしはそのなかで眠る
蓋を取れば　舟になるのだ
　下ったことがある（宇治川を）
　　上ったことがある（多摩川を）
客死の際には　そのまま焼けばいい
夜毎　柩の舟に横たわる
骨と骨のあいだが　痛いけれど
猫背は防止されている
闇を叩いて聴こえる物音　どの夜もちがう

昼間は
箱を机にして蓋の上へ身を投げて
左手にペン　握る
学校では左は　全面的に禁止だった
月はどこかに浮かんでいる
　右で書く　ふりをする

　見られていないとき持ち替えれば
左手は草原のように走り出す
息を乱しながら駆けて
追いつく

そう、昼間は木箱を机として
左手にペンを握って
　書き留める羽音
（ツキ、ヒ、ホシ、ホイホイホイ）
　書き残す水音
（滲んで　ふくらむ　落下の玉の）
手もとの紙は限られている
いくらでも使えるわけではないのだ
二枚　破いて　無駄にしたことも　忘れない
男へ遣る手紙のために（下書きと清書と）
けれど　内容はちっとも解されず
ノート開くたび　破いた痕だけ
ぴらぴらと立ち上がる
理屈を並べたら　想いを書く場所がなくなった

それで　理解されなかったのか　もしれない
そもそも　届かなかったのか　もしれない
（顔と名は　まとめて去った）
そう、服はみんな木箱にしまってあるのだが
行く先々で　洗濯紐を取り出して
風干しする　朱　白　黒　碧
ここぞとばかりに揺れるぼろ布
鳥たちは近寄らない
（苔　羊歯　岩屋からの風）
人も　近づかない
わたしの装い方が　おかしい　らしい
組み合わせや配色に　なにかあるのだろう
けれど　そんなふうに　気にすることはできない
月はどこかに浮かんでいる　髪だって　同じこと
結いもせず　禿《かむろ》のすがたで　売られもせずに
叩いてみても　文明開化の音など　しない
どの長さにするのがいいのか　わからない世
不文律の紐を首からさげて　這い廻るうちに
飽きてくる世

風干しの服
一日に一枚
火をつける
　ぱっと炎をくわえる
　煙り　簡単に燃え落ちる
　空気はそこだけ　皺を寄せ
　黒い断片　崩しながら燃え落ちる

木箱のなかは　服の減少により空いてくる
打てなかった寝返りを　いくつでも打てる
箱の底には　とうとう一枚
着ているものと合わせれば二枚　つまり
交互に洗い　順繰りに着る　ということ
夜昼のめぐりのように　明らかで　はてしない
そのうちの一枚に　火をつける
着の身着のままとなる
やがて　皮として脱ぎ棄て

洗わずに
燃やす

なにも身につけず出歩くと
捕まるそうだ
「なぜ一枚も持っていないんですか、着るものを」
「ぜんぶぜんぶ、焼いてしまったんです」
「というと？」
「合わなくて」
「大きさが？」
「着る、ということに、まるでなじめなくて」
不文律ではない　その前に　風邪をひく
月はどこかに浮かんでいる
思い出せないほどの遠い過去に
祖先は　体毛のほとんどを
笑いながら歌いながら失くしたがそれは
作ったものを纏うことと　引き換えだった
意志で生やすことは　できない
それでいま　生まれるときも　つるりと剝けて

人目を忍び声を忍んで樹の陰　渡り
山鳥に驚かれその声に愕き
柏　枇杷　無花果　朴　大きめの葉を
綴り合わせて　そこを隠す
木の葉に　肌は　冷やされる
思いのほか　よく隠せる
交番もあるので
どこまでが限界か　確かめてみるつもり
木の葉に肌は冷やされる
血に震え　生の葉も　温まっていく

秋冬には　どうなるのだろう
やはりなにか　狩らねばならないだろう
心配になり　手もとの石で　鏃《やじり》を作ってみる
掌のあかるさへ載せれば　不出来だ
心ぼそさが這い上がる
こんなものでは　毛の麁物《あらもの》　毛の柔物《にこもの》
仕留められる　はずもない

海際へ　移ったほうが　よくはないか
浅蜊　蛤　蜆など　集めて煮るのが　よくはないか
木箱の机へ　身投げして　ペンを構えたところで
わたしは知恵に見放されている
思いのほか　よく隠せる
地の底に　鳥の囀り
そこを隠す葉が
生温かく　しおれてくる
途方に暮れて地面に　左手の影　映してみる

鳩の皿

背が熱い
座っている椅子の真後ろから
天体の掟に反して　日が　昇ろうとする
こんなところで昇られては困る
日の凧にかたく結ばれた絹糸を　右足の
親指と人差し指のあいだに挟んで引っ張る

均衡は　誤字だらけの反故のように破かれて
椅子から　転げそうになる　フォークは
皿の中央の肉に刺さりたがる
飲みこむと
洗濯物を取りこむときの音を立て
鳩の肉が　喉を通っていく
雨垂れ弾く　翼もないのに
なすりつけるように過ぎていく
その動きに
兄を見た

押しのけられて
生まれなかったもの
ではない
しらずしらずのうちに
選び　押しのけて　生まれたものだ

自覚の水は　晴れの日も　かぶるためにある
あたまを掻くと　ヨーロッパの白い皿で

熟れたいちじく　堪えかねて潰れる
内側の紅さ　あかるさ　威勢よく
細胞壁は　煉瓦のように崩れ去る
兄の怒りは　どこに
埋められたのか核廃棄物のように
探りあてることは　できない
翼を落とした鳩だけが
近づいたり離れたり　宙空を飛び廻る
その羽音は　重くもなければ　軽くもない
「おいしいです」
いおうとした女の喉に　もはや人の言葉はなく
眼球ばかり　画面のように揺れ惑う
鳩の肉を通過させるそのとき
女の喉は　鳩の喉と擦り替わる　静かに
人の声が出なくなり　あたまへ血がのぼる
翼のない鳩が目の前で羽ばたく

　押しのけて
生まれたもの

　ではない
しらずしらずのうちに
押しのけられ　追い落とされ
生まれなかったものだ

喉仏の裏側をこすりながら落ちていく鳩の肉
人の声や鳥の声　暁　正午　夕刻の声
幾重にも　失われ　そのときはじめて
妹だと知れる
月に濡れれば内側まで染みて
飛ぶことが　できない
西暦からゆっくりと剝がれた鳩舎は
冬もみどりの樟の樹の蒼い香気に巻きつかれ
朝夕　鳩を　吐き出していた
いつでも顔を　上へ向けていた
二階建てだったのだ
「憶えてない」
その場所に鳩舎があったことなど
微塵も記憶に　とどめない妹

樟の影　射し掛ける門口
見えない血縁の底から飛び立つ瞬間
翼には疑いがない
火打ち石の音

鳩舎の口は一羽が抜けられるほどの幅で
翼のあるものにつづいて
光を迎えいれる
卵の殻を透かして新しい心臓
いくつもの心拍が互いに
合いの手　入れ合う
気流に身を投げるときを
文字のように空に読む
飛翔の数は　なぞる前から盛られている
その肉に　骨格に　細胞の揺り籠に
大宜津比売《おおげつひめ》の身に生り　生りつつある　大豆小豆
一粒一粒　その都度　首を下げて　ついばんで
そんなことより　もっと早くに知っていた

兄は妹を
妹は兄を

どこからが空かわからない空へ
ささげられた二階建ての鳩舎
ひとつだけ開いた口から射しこむ光が内側を
舐める　おずおずと　動きにあわせて
過去の青鳩　下泣きに泣く
不慣れな楽器の紅い音色に
濡れては　乾いていく
空が緩んでおりてくる
裏の山鳩　下泣きに泣く

人の声を無くした女は電車の乗り方を忘れて
いつまでも　改札口を通れない
無帽の駅員に呼び止められても
いうことは　なにもない
右の手に　初乗りの切符
数字が示す　鈍角の西暦

あとには白や灰や紫の羽根が散らばり
種類の特定は急がずに　ながめやる
いまはもう　ない　鳩舎
その位置を見上げると
宙空に染みついた声が力ゆるめて剝がれ落ち
飛ばされながら溶けていく

熊

遠い地面に下りるには　目に触れるその遠い地面に下りるには　左足の靴を脱ぎ　靴下をぬぎ　右足の　靴を脱ぎ　靴下ぬいで　ぬいだものは　小さくまるめて　靴の洞へと　隠しておいて　クヌギやナラやイヌシデの　枯葉　落葉　足裏で読んでいく　枯葉落葉の　おもては乾き　裏へ廻るごとに湿ってくる土がある　黒土がある　足裏　たたき起こされる　足裏の　目を覚ます
まわしてもなだめても閉まらない蓋は　裏返すと　ちがう壜のだ　ジャムのあとに　胡麻を　最近は　ちりめんじゃこを入れていた　会社休んで空を　支えている男の映画は　画面から　あふれ出し　そこらじゅうに　なすりつける　歓びのある哀しみの　裏表を　鉢植え緑の枝先が　隅で　おおきく浮き沈み　酸素を吐いて　固いものを　ほどきはじめて　宙へ流す　階段を　上から崩す

待つより先に出かけて　探そうとすれば　すれちがう
きっと　まだ見えないいまだまだ見えない　充分伸びて
地面を割って　あらわれれば追いかけ　息をあわせる
山が鳴り　肩は凝っても　立ち上がらないこと　見えないものが坐っているなら　合わせて　坐りつづけること　首の回転　ゆっくりすること　見たものを　言葉にせずに　見たままに抱きとめて　よぎる影には身をひたす

足裏を葉につける　足裏を　葉っぱにつける　折れてこすれて　砕けて鳴って　足裏そのとき空へ映る　両足に履くもの要らず　駆けまわった日を　空にも地にも

映して　すする　白いものが　土に跳んでいる　よけて　足指で小枝　握った　いいたいことは　とろけてますます力こめて握る　銀の胞子　いっぱいに飛ばされ
黒土は　満たされ湿り　深く　傾く　こまぎれの明日
明後日　見知らぬもの　親しいもの　あかるく　ひしめく　そこへ下りる

扇男

伐り落とすか残すか　すこしばかり迷う
　剪定をした夜　からだを繋ぐ
　　おもてで疵口のいたむ樹々が騒ぐ
聴かない振りして
繋いだままでいるのは
　放っておけば治まるからだ
　　枝先に　後悔のような期待を膨らませる
　蜜柑と呼んでいる
等しい幅の蛸足が出るように皮を
剝けなければ　一人前と見なされない
中身は時計回りに食す
いくつもの時計を食べ切る
廊下の突き当たりには振り子時計
祖母が質屋へ入れ　祖父が取り返した時計
子どもがいうことを聞かないとき
親はそのなかへ潜り　硝子の扉を閉める
背を向け　膝を抱えて　出てこない
子どもが根負けするまで
振り子にぶつかられながら眠りこむ
フラミンゴが薄紅なのはオキアミを食すため
わたしがきいろいのは蜜柑を食すため
日本人だからではない
蜜柑日誌に書き付けるのは
その日の天気と食べた個数
それから揚げ羽に纏わることなど
薬をかけない樹が一本
果樹園のそとに在り
揚げ羽は卵を産み放題

緑色　食い尽くしながら舌のように這い廻る
そしてやがて先の尖ったかたちの蛹《さなぎ》
上の枝にも中の枝にも　下の枝にも尖る蛹
　ひとつひとつに口を　つけて廻る
　　まじない
　揚げ羽さまが皆そろって孵るように
口　つけて廻る
眠りから醒めたものは翅を
風に晒して乾かす
開き切れば色硝子の窓　その前で
両手を組み合わせ　打ち明けなければならない
この家では扇男を匿《かくま》っている
　密告を恐れながら
　　表向きは剪定の手伝いのため滞在する縁者
　　　けれどもほんとうは
　　　　扇げば飛ぶことを知っていて扇ぎつづける扇男
　　自らを飛ばしながら生きるほかない者
　扇男は裏庭の小屋で　網と鋏を片づけている
靴裏の泥を落としているときもあれば

座りこみ　爪を切っていることもある
　薬をかけない樹の傍らに　わたしは立ち
　　揚げ羽さまたちの出発を見守る
　　　飛び立てない揚げ羽がいても手助けは無用
　　　　落ちて　地へ　結ばれるのなら
　　　　それはそういう揚げ羽さま
たくさん哀しむと生まれ直せない
ヨーロッパから切り取られたような
ロマネスクの窓が二枚一組で
黄　赤　黒に瞬きながら
　生誕の樹の周りを廻りだんだんに高く　なり
　　空へ引かれる　最期の息のように見えなく　なる
　　　さようなら
　　蜜柑のあいだから砂浜と細切れの海
　薬をかけない樹は
風とおる空き家となり
静まり返る　緑　濃くても
扇男とわたしは心を交わさない
いつ来たのか　はっきりしないし

またいつ出掛けるのかも　わからない
しらすと青海苔が好きで　出すと頬を赤くする
扇げば飛んでしまうのだが　やめられないらしい
同じ食卓　言葉を飲みこみ向かい合う日々を食す
出来過ぎた年は　地面へ落とした実を潰す
微熱を出しながら腐敗して　土へ還る
そこらじゅうに楕円の匂いが転がり
本の頁にも挟まれる
髪にも血液にも蜜柑が染みこみ
風呂場で濯いでも立ち去らない
　翅をたたんだ揚げ羽たち
　　緑の枝を握る　校庭の綱引きのように
　　　反対の方角を向いて　すばやく交わる
　　　　薬をかけない蜜柑の樹に　愕きが　行き渡る
古い葉も　白い根も震わせる
　空が丸くなり
　　低くなり　一瞬
　　　蜜柑の樹は息を詰める
　　　　来年に芽吹くはずの細胞も震える

青海苔を切らしていることを思い出す
灯台に似たかたちの壜に入っている
扇男は空き壜を窓辺に並べている
その意味を訊いたことはない
いつまでも　居てほしいのかどうか
それすら　明らかではない　とはいえ
飛び立つときにはなにもかも置いて飛んでいく
海の迫る水はけの良い土地
ときどき　扇男はわたしの顔をそっと見る
いいたいことがあるのなら　いえばいいのに
そしてわたしもいうことなど出来はしない
そっと見るだけだ
廊下に流れる柑橘の艶
振り子時計に攫《さら》われる
裏も表も奪われる

知らない人についていく

「ついておいで」

うながされるときには大抵、ついて行ってはまずいのだ
松林が黄の結晶を深くからこぼしながら今日のからくり、
やさしい幾何学、吸い上げて揺れる高くへ
ついて行くならそれはもう、
子どもが剝がれかけている
木の皮みたいに

「兎がいるから見においで」

行くときは行くし、行かないときは行かない
じぶんで決めることなのです
橋を、架けながら渡る
水は腹を見せずに引いて、そのたびに川床あかるく
幾種もの芽がはじけるときには谷間から飾りはじめる
兎で釣るなんて。

馬鹿だな。
みずたまりの縁をいつまでもなぞり、跳ばない
乾けば跡形もなく、映さない
そんなようすに
似ています

「兎が」
関心があるふりを
しなければ、わるい
あたまの砂利道へ踏みこみ
どこでどう、気をまわしたのか

ついていく　草の道　叢の道

窓辺には正真正銘の兎、動かない
粘土でできている　つめたい
このあたりの土は忘れられた銀朱色
おとこは服をぬがせて木の皮みたいに二歩
うしろへ下がり、ながめて、底から、ながめて

人のかたちを
造りはじめた
土は揉まれて
かたち成す

「塵から生まれたものは塵へ返る」っていう、
それはそうだけれど、日によってはすごくうしろむきに
きこえる意見、思い出しながら、息をころしていました
おとこが造っているのは人のかたち、まぎれもなく。
けれど、すこしも似ていない、わたしには。
似てない。

生きていれば人はふたたび、
服を着ることができます

窓辺の
つめたい兎に目をむけたまま
不自然な苺に、前歯をあてる
断面の白い地層から、太鼓の音

この部屋にあるものはみんな
押し入れに、しまわれる、わたしも
ばたばたとしまいこまれた
そのことに反対はしない、ただ、どうなるか見ている
唐紙の上、人差し指を押しつけているうちに
望みどおりの穴はあいて
目をつけると、映画がはじまる
生きていてふたたび服を着ることが
できるおとこは覗かれる

玄関に誰か、人
穴から見ていると、部屋へもどって来るおとこの
うしろから、つづいて入って来るのはおんなだった
根岸色の服は身に、隙間もなく張りついている
どこのだれだかわからない
おとこの口の端が上がりそれから
ドアの開け閉め、出で行く音
知らないおんなと
取り残された

だれだろうあの人。
オホーツクの生き物の柔和な手つきで湯呑み
持ち上げ　口をつけ　ぱっと放して　下を向く
猫舌なのかもしれないおんなの猫背を真横から
つよくなぞると　街のページが煽られて
めくられていく
ぼろぼろに

戸をあけて
押し入れの外へ出る
驚きはどちらのものだったか
どちらのものでも　あったのだ
横から見ているときには、わからなかったが
おんなというのは、わたしだった
息子はなんでも押し入れに
しまうからと、笑う瞳で
刺し通す
「押し入れに、棲んでいるの」
「はい」

「なに考えているのかしらあの子」
「さあそれは」

ほんとうはそうではない
ここへ来たのははじめてだ
ほんの短い時間、しまわれていたに過ぎない
おんなたちは四つの目を転がしては伏せ、
あられといっしょにしずかな石を嚙み砕く
アロエの花、満開、騒がしく朱を溜めて、
南国の鳥のかたちに燃え盛り人よりも雄弁
「帰ったほうがいいわよ、もどって来る前に」
「そうします」

皺を伸ばし歪んだ道から見上げると
窓辺にほんのり兎の
つめたさ　名前も
訊かなかった

沼

門はいつでも
開かれたままだから
入ってくる人はかえって少ない
松と松のあいだには　顔
まばたき一つしないよ
確かにそれは顔だけれど
遠ざかる足音につれて　岩にもなる
眼の底が　空の下で　冷えて

迷いなく伸び上がるポストの口から葉書を
投函しようとしたら　米屋の主人が
薄暗い店の奥に座ったまま声を　広げる
たまにしか取りに来ないよ、と
「たまにって、どれくらい、たまに？」
「さあ、気が向いたときだけだね」
「数日に一度、とか？」
「まあ、来ないときは、ずうっと来ないね」

内容のない葉書を手提げ袋にもどして
離れると　店の犬がついてくる　顔の半分　光って

砂は道を掻き消す
白線からはみ出しても轢かれない
署名をしても　陸軍の司令部は来るよね
みたこともないものに守られていると思いこむように
導かれれば　疑うことさえ思いつきはしない
時計は　沼へも捨てられる　あっさりと
畳の塵を拾うとき
鏡を刻む蝶の翳　欠けて
蝶を追う旅鳥の翳　欠ける
この指のまま登れる樹は　まだある
眉と眉のあいだに立っている

桃

橋詰めの番小屋は日没とともに閉められる、

首に鎖の痕をつけた白髪の男は両眼を駆使して硬貨を数えて、いまはもうない銀行の名が刻まれたボールペンを立てて、集計を書きこむ、今日、幾人ここを通過したかわかる、番小屋が閉まった後はもうひとつの橋へ遠回りするという決まりはあるけれど、急いでいればこっそり渡ることもある、咎めるのは心のなかでだけ、だれも口には出さない、いつ自分が橋を急ぐことになるやもしれないからだ、黙って、渡る、

羽ばたきを止めれば落ちてしまうので蝙蝠は翼を動かしつづける、美味しい虫がこの暮色を底から掻き混ぜているのだが、眼を凝らせば凝らすほどますます見えない、鳥眼は栄養が足りない証拠だから人にいってはいけないよと、先祖からも教えられ戒められてきたが、闇へ首を突き出す仕草が明かしてしまう、桃を運ぶところだった、逢ったこともない母が死ぬ前に桃を食べたいというので、籠に三つを並べ入れて、急いでいた、番小屋はとうに閉まって、橋は腐りかけた木の柵に塞がれていた、乗り越えれば、ただもうひたすらまっすぐ行くしかない、橋は路というものの骨組みなのだ、両脇に逸れることが許されないから、

水の少ない川は白く、闇に引きずられている、点々と川柳が蹲る、生温かくて桃の甘さが鼻孔を潜って脳天に達する、籠を持たないほうの手を握って開くと岐れ道が五つ伸びる、足はひとつしか辿れないのに、

だれか、向こうからやってくる、だいぶ近い、鳥眼には映らないが匂いでわかる、橋の上に隠れる場所はない、引き返すこともできない、相手も急いで渡ろうとしているだけの人ならいいけれど、擦れ違うときまで本当のことはわからない、相手も、きっと同じようなことを考えているだろう、疑いながら分かち合い、闇を寄せあつめていく、

真昼のニュースを思い出していた、弓なりの国の平板なアナウンサーが他人事の顔をして伝えていた、「この裁判を速やかに終わらせたいということです」、画面は元看守の顔貌を黄土色にまとめた、「わたしだって被害者なんです、上からの命令に従っただけだ、すきでやったんじゃない、こんなこと」、次に現われたのは電気ショックを与えられ傷へ塩を塗られた人、「わたしが、わたしした

ちが、なにか悪いことをしたというのですか、訊きたいです」、どちらの代わりにもなれず、麺を吸い上げていた、向こうから来る人は頭部になにか被っている、覆面だ、夜の橋を行くのにどうして顔を、隠さなければならないのだろう、心細くなるが、遁れる場所はなく擦れ違うよりほかないので、身を硬くする、左へ寄れば左、右へ寄れば右へ、それが故意の動きとわかってがっかり、行く手を阻んでどうしようというのだろう、男のようでもあるが女のようでもあり、どちらでもないようにも見える、与えるようなものはなにも持っていないが、ここを通らなければならない、

覆面は布の袋に顔を描いただけのものだ、両眼と口のところが切ってあり、この人はそこから外界に触れているのだとわかるが、わかったような気がしているだけだろう、なにも生まない、青柳の群落が鳥眼の端に映り、川風の匂い、番小屋の老人は何歳だったかと、関係ない事柄が急に念頭へ浮いて、思い切りからだを押し出す、肩と肩が強くぶつかる、

「籠のなかのその匂うものを」、という声を聴いても男か女かわからない、「その匂うものを置いていけ」、置いていったらどうなるのだろう、とどけるものがないのなら、この先へ進むことには意味がなくなる、だが力ずくでは通れないだろう、籠のなかには三つ、

「一つだけなら」、といってみる、「一つならあげてもいいですよ」、と作り声を出してみる、覆面は返事の代わりに右手を返して差し出した、そこへ籠から取り出した甘い匂いの固まりを載せる、右手は一瞬、ずしりと下がる、せめてもの抵抗に右手のよろめきを容赦なくじっと見る、これがこの匂いの重さなのだ、取り返せない重さなのだ、と見つめる先から闇へ沈んだ、

渡すものを渡してしまうと、負けないぞ、という気力が急に湧いてきて、覆面へ向かって声を発する、「そのまま食べてみたら、それを被ったまま、その口で齧りついてみれば」、剝こうとするので更に重ねる、「産地では、皮を剝いたりしないんだって、皮ごと食べるんだって」、覆面は着物になすりつけて桃の産毛を拭い取る、顔の前へ持ち上げる、口をつける、被ったままではよく食べられない、覆面の布も齧ることになってしまう、心のなかで

思い切り笑って、通り抜ける、振り返ると、桃との格闘はつづいている、完全に見えなくなると疲れて、歩くのをやめ、下を覗く、
低いところを蝙蝠の影が横切る、ときどき光る、そういう生まれの虫なのだ、光りながらおびき寄せ、しまいに食べられてしまう、それでも光る、そういう生まれの虫なのだ、籠の覆いの隙間から手を入れて、二つになった桃のうちの一つを撫でる、荒れた肌のようなもの、匂いばかりきつくなんだか憎らしい、かなしい、どちらをと撰ぶこともなく、手に触れているほうを取り出して袖に擦りつけ、こまかな毛を取れるだけは取って歯を当てる、風は川下から川上へ向かって吹いている、吹かれながら滴らせながら食べてしまうと、掌に残った種は過ちに近い、
大丈夫、あと一つあるのだからと、気を取り直してふたたび橋を行く、さっきと同じ歩幅で行くのに、進めば進むほど遅くなるのはどうしてなのか、ときどき光るものばかりがいまは頼りだと思う先から、それはあっさりと蝙蝠に飲まれる、今宵こんな時刻にどうしてここを通らなければならないのだろうと、背を丸めて先を急ぐ、種は口のなかに残して舐めている、
足は急ぐが、脳髄は暇を持て余し、知らせが来たときの昂揚を思い返すうちに見過ごせない事実に突き当たる、眼鏡についた汚れのように、気にしないようにしても無駄な、動かしようのない明るい事実だ、
電話から漏れてきた知らない男の抑揚のない声は、逢ったこともない母の危篤を告げた、聴かされたのは、母が「死ぬ前に桃を食べたいといっている」という希望だった、「わたしに逢いたいといっている」わけではなかったのだ、とはいえ、どこででも手に入る桃を橋のこちら側から運んで来るよう敢えて頼むということはそこに、逢いたい、という願望が含まれているのだろうか、逢いたいのか別に逢いたくないのか、わからない、いまごろになって一度だけ向かい合うことが二人をどこへ連れていくのか、予測もつかない、いっそ間に合わなくてもよい、と思ってみると、橋から川面への距離は無限にひらいて、それから一気に縮まった、
行けば行くほど橋は伸びていく、川風は緩まる、光る虫

の数が増せばそれを追う蝙蝠の数も増える、舌の上にはいまだに桃の種、気づいて、親指と人差し指に挟んで取り出し、鳥眼に近づけると白い繊維がぼうぼうとついている、三つあったものが一つになってしまったな、けれど一つでも桃は桃、確かに所望されている品なのだ、腕を引いて川へ向かって思い切り種を放る、闇の額に当たるが、音もさせずに吸いこまれる、籠目から甘い匂いが絶えず流れる、集まってくる、それを慕うものが集まってくる、ぞろぞろついてくる、陽のあるうちはこんなにも長い橋ではないのに、番小屋の老人はいまごろ横になっているだろうか、闇の底で鶏の声が赤く裂けて散る、すぐに止む、襲われたのだ、見えない羽根が、見えない場所で散らかる、赤い声はすぐに薄まり、ふたたび籠目から桃の匂いが流れはじめる、あけびの蔓で出来たこの籠は、叔母の手製で遺品、川風に髪が湿ってくる、電話は本物だったのだろうか、渡るうちにも、籠の桃はおとなしく熟していく、桃がいくつあるとしても生涯でただ一つの桃なのだ、密使のように先を急ぐ、密書のように黙って熟していく、闇は重くなり、橋は伸びていく、

黙契

こわばりながらひろがっては竹の葉を打ち鳴らす
先へ延ばせない用事が　なんだったのか
斜め後ろを振り返り　踵を見ても思い出せない
上の枝から　中の枝へ
中の枝から　下の枝へ
そろりそろりと伝い降り
そのとき　窪地に　すべてを　あずけた
枝の暮らしに馴れていたので不安でした
地面に足裏つけることは　あいだをすうすう
通り抜けさせることでした　竹を鳴らすと同じものが
宿る滴を払い落として　抜けていく
寄る辺ない　刈り込まれたように

ひとりの男が冷たくなった蒲団の中でと聞かされた

正確には救急車の中　サイレンに
洗われながら事切れる
子どものころわたしを　負ぶって遠ざかろうと
した人だ
逃げるならそのとき
だったのだろう　どちらにとっても
限りある背の広がりから
降ろし　降ろされ　いままでは
つむじ　うなじばかりか　顎も額も　よみがえらない
その背から　降ろすな　といえば　よかったのか
禁じられていたわけではないが
赦されてもいなかった
体温を引き剝がすと　細胞のように　二つに分かれた
背は骨とともに燃やされ　もう
どこにもない探しても

窪地では
思いがけなかった

蛇か蛙か
選べと
いわれる

どちらかに成らなければいけないのか
と　焦って思い巡らす
蛇のように地を這えば腹の底が痛いだろう
と　いうことより
不器用なので　とぐろを　きちんと
巻ける自信が湧かない
水溜まりのような小暗い見栄は　そこで蛙を　選ばせた
あおじろい蛙が湿った地面を摺っては一歩
摺っては一歩
あらわれる　湿度が上がりのっぺりと
おおいかぶさられる
喚こうとすると口がない　身を硬くしてもざらり
ざらりと
入りこんでくる　事故ではなく
予定されたおこないだと

言い聞かせるように　落ち着いて抱えこむ　息だけが
ある
ふくらんでいく　奥深く醒めながらうっとりと
落ちていく
せめてもの繋がりを探して顔を
合わせるが　黒目ばかりで
白目はない　まぶたに冷たい舌をつけ
ぞろりと舐めると
しゃっくりしながら　去ってゆく　がっくりと
泥へ沈む
窪地に散り敷く葉は
溶けてゆくやすやす溶けては沈みこむ

上陸が
はじまる
わたしの底で
窪地では　思いがけなかった
蛇か蛙か選べといったのは

樹上の爺さんだったのだ　謀られたと知るが
もはや遅い
計略を憎めば憎むほど爺さんは汚れ　そしてなぜか
蛙への愛着は深まる　わたしの内側で
上陸は静かに　着々と進み
肺の砦が　編み上げられていく
来し方　遙かに見渡せて

蒲団の中でまるくなり　灰になった背中を
宵闇に浮かべる
背骨の階段　きしむのは確か　五段目　八段目
負ぶってくれた人を　負ぶう機会はほとんど
ないのだ
背骨の階段を　のぼりおりするとき
指の長い祖先たちを
暗闇に見開く祖先たちを通過する　枝という枝が
たわむ
風や果実の重みではない　指の長い祖先たちの
嘘と真実

闇の網へ吸われていった背を　取り戻すことは
できない
負われて降りた斜面には
あたまと同じ　草が生えていた
草の滴の諧調に　まっしろな鈴の音が　まじっていた

窪地では
思いがけなかった

月のように蒼く濡れそぼって
おおいかぶさってきたもの
不安もためらいもなく抱きかかえたものに
馴染んでいく
対決より眠りを欲したら　地を割って和声が
噴き出した
湿地の匂いのする　いぼの浮いた赤黒い皮膚を
撫でまわす
馴染んでいく　刻々と歩み寄り　似たものに
変わっていく

憎むよりは　馴れたい
その間にも樹上に留まる爺さんは
ひとりでに汚れていく　放っておいても
謀略に侵される

背後からかぶさる蛙の退屈な鋭さ
わたしたちは泥の胎へ
沈み入る貪婪に
対立よりも眠りの覚醒を
欲しがり
終日あたためられた泥の手に
握り潰される
互いの味方になっていく
それこそ　求めていたことだ
そのときふたたび窪地に
すべてをあずける
上の枝から　中の枝へ　下の枝へと
伝い降りた重みと瞬きを　思い返して
とっぷりと首をめぐらせるわたしの内側

上陸がはじまる

樹上の爺さんのすがたが　視界から　にわかに脱落
振り返ると蛙の口から　それらしき両足が出ていた
いぼのある喉元　二度　波打ってすっかり飲まれた
そのことについて蛙はついに　考えを打ち明けない
計略は真昼の声の色のまま押し殺されて消えていく
肺の砦へ　地図をひろげる
泥と陽に焼き尽くされる

角

帰宅した妻のあたまに
角は一本しか
なかった
わたしは息を呑み　驚きは即座に丸めて
うしろすがたの　かかとを　ながめる
廊下を踏んでついたばかりの糸屑が
三歩ののち　かかとから　離れる
あづさ弓　春の水面《みなも》に　葦芽《あしかび》　揃い
はじめてのような口笛　ほそく長く翻る
「おい」いおうとして止める
確かに
一本しかない
そう簡単には抜けたり落ちたりしないものを
いったい　どうしたというのだろう
妻はゆっくり　がっくりと鏡から外れる
「おい」いおうとして　止める
宙に跡をのこす口笛の狼煙《のろし》
薄暗い鏡の底から浮かび上がるわたしの
あたまをこわごわ　確かめればきちんと二本
「そうだこれがあるべきすがたの」
いったいどこへ　置いて来たのか

水のなかで増えていく春が増えていく
ミジンコ　イカダモ　クンショウモ
部品は壊れながら修復されていく

もとどおりには　ならなくても
ミジンコ　アメーバ　ゾウリムシ
闘争ではなく絶えざる変化をかたどる対立
世代交代は速い
心の臓も
楽しく透きとおる

おもてへ出れば周囲の目が冷えていた
冷蔵庫の急冷機能よりも確かで
その冷気の内側を遊泳し
すきな草　食べにゆく
なぜあたまに二本　なければいけないのか
いまとなっては　わからない
「あのひと、一本しかないわ」
そんな声を耳穴へ
こぼれるほどに注がれても平気
わたしのあたまは一本分、軽くなった
こうなると　見えるものさえ違ってくる
昨日　夫はなにひとつ　いわなかった
訊ねもしないし　咎めもしない
それでも　こう思っていたのだろう
簡単には抜けたり落ちたりしないものを、と
どこへ置いて来たのだろう、と
真実をいえばわたしは
それをひとに
あげてしまいました
あづさ弓　春の水辺へ　身をかがめ
ひばりの落下　みとどける
「角は対称性こそ大事」
そういう教えを　真に受けていたので
考えもしなかった
その場になってみるまでは

水のなかで増えていく春が増えていく
ミジンコ　イカダモ　クンショウモ
漂流の先に漂着は　あるのか
浮かんでいるだけで
景色は見事に入れ替わる

知らない場所に　なっていく
ミジンコ　アメーバ　ゾウリムシ
生まれ　生まれる
消える呑まれる含まれてゆく

妻の留守に　医学事典を調べる
どちらが最後に引いたのだったか
函に　逆さに入っている
角の項目をいそいで調べる
もう一度　生えてこないものかどうか
目に見える確率は低い
接ぐことはできるのか　できないのか
そもそも　どこで失くして来たのだろう
きっと事故だ　でもなぜ黙っているのだろう
なぜ黙っているのか　おたがいに

「座りなさい」と、夫
「はい」
「そのあたまはどうしたんだ」と、夫

フェンスに引っ掛け　抜けてしまいました
下は川で　沈んだか　流れていったのか
思いがけずわたしは事実と違うことを口にした
「そんなことだろうと思った」と、夫
「はい」

片方の角が
どうなったか知れない
平らなところに　祀られているかもしれないし
煎じられて　飲まれたかもしれない
あるいはあたまの　何もなかった場所に
留め付けられているかもしれない
あづさ弓　春の裏庭　紫蘇《しそ》を摘みつつ
三つ葉　摘みつつ　思い巡らす
そのうちに
本当のことをいうときが来るだろうか
「ひとにあげてしまいました」
なにをわたしは得たのだろう
草の息が一段と深い

突貫工事

枝から落ちる雫のおもてで
新宿が分かれてしまった
いくつもに
地下道、前をいく人の
靴下は左右　ばらばらなのです
顔を避ける心臓のひとつひとつが夜な夜な
画面に向かう　感情すら仮のもの
地下鉄、前の人の頬には飯粒
目は文字に探られるるる
ひらがながふえているる

太陽を持ち上げる観覧車

観覧車から降りられないので、観覧車に棲んでいる、ちいさかったころはこの土地は取り留めのない砂地だった、輪郭の崩れた時間の内側へ、水はけがよくなければ生きないという植物だけを引き取り、昼寝ばかりをつづけた、そんな砂地にビルがいくつも芽を吹きはじめ、浜の人々は目玉を落としかねないほど愕いた、観覧車が出来るのを、毎日ながめていた、切り分けられ、銘々の皿に配られたケーキを元の大皿へ戻すような動きが、繰り返されて、観覧車は徐々に足され、組み上げられていった、中心には、デジタルの時間表示が浮かんで次世紀、つまり来るべきだった今世紀を、押し出す空気さえ擬装されていた、五〇〇円だったたか、六〇〇円だったか、思い出せないその料金、けれど乗っていたのは確かだ、そのころは一回転したら降りなければならなかった、もっと乗っていたくても、必ず係の人に見つかり、引き摺り降ろされた、上昇のときには期待をひろげ、下降のときにはからだの色も薄くして、その度に一度きりの回転を、端から端まで舐めつくし味わったものだった、
あめふらしの気紛れに近い夕立が、第三埠頭を洗う時刻、記念の硬貨と普通の硬貨を混ぜて支払い、乗りこむと、いつになく恐い顔をして、係の人はドアを閉めた、いやな予感がしなかったといえば嘘になる、これでもう降り

られなくなることを承知で、つめたい、硬い座席に、尻の肉をゆっくりと押し当てた、それ以来、回りつづけているのだ、降ろされることもなくて、

親しい者はひとり減り、ふたり減り、だれとも疎遠になっていった、なにしろこちらからは会いに行けず、ここへ来てもらうほかないのだから、足は遠のくというものだ、連絡を取り合うのがとうとう、小夜子だけになったのが、いつのことか憶えていない、けれど、ひとりでもそういう相手がいればいい、地上と繋がっていると、思いこめるのだから、

小夜子はいつでも、おみやげに食べる物を持って来た、中華街が近いからか、肉饅、餡饅、ちまき、串刺しのサンザシなど、片手に提げて現われた、そしてこの密室が、もっとも地に近づいたとき、係の人の指示に従い、身を翻し乗りこんで来るのだ、「関帝廟へ寄ったの？」と訊くと、その度に「寄らない」と返事した、関帝廟には、長い線香を捧げて祈る人たちの溜め息が絶えず流れているというが、近くても、行かなければ見る機会はないままだ、二代三代前に海越えて渡って来た人たちの、お香の煙りも海際までは、届かない、

「いつまで、こうしているつもり？」、あるとき声を鋭角にして問うた小夜子だった、「わからないよ、自分の意思じゃないし」、答えるあいだも、観覧車は変わらぬ速度で同じ方向へと回りつづけた、「自分の意思じゃないって、どういうこと？」、幼馴染みの小夜子にも、通じないのだ、「責めるつもりじゃないけどね」と、明らかに責めながらいうのだった、二周めは、新たに料金を払う必要があった、小夜子は窓から手を出し、係の人にそれを支払うと、二回めの上昇に身を任せた、ドアが開いて、降りるとき、「また来るね」と小夜子はちいさな顔を向け呟いた、けれども、もう来ないかもしれないという納得が、胸の地平へ舞い降り、左右に揺れて、ふたたび、上昇していった、

観覧車の個室に棲んでいると、知人は滅多に訪ねて来ずとも、知らない人とは相席を重ねる毎日、これは感情の容器なのだといつしか知った、狭さのためか高さのためか、それとも眼下の景色のためなのか、わからないけれど、天井も透明なこの大きな細胞のなかでは、浸透圧のせいで、感情が、滲み出して来るのだ、昼は太陽光線、

夜は星座の点滅に、晒されながらその流出を見る、地上では入念に畳まれているものが、ここでは、やすやすと、ひろげられる、力を抜いたみたいに、育ててきた翼が、いよいよこのとき開かれるように、ひとりで乗ってくる人もいることはいる、珍しいけれど、向かいの座席の空白に腰を降ろすと、そういう人は眼球で景色を吸い上げはじめる、眼と口は発生の由来が同じだとでもいうように、吸い上げ、貪る、飲み物を持っている場合はその液体を吸いながら、両眼でさらに吸いつづける、話し掛けたりしない、二対の眼が、透きとおる容器の内側にあり、港の風景を弄ぶ、それでも一回転の後には、相方は名残を惜しむようすもなく降りて、またひとりに戻る、ふたりで乗りこんでくる人たちは多い、というより、ふたりになるために乗るのだろう、男と女、男と男、稀に女と女、というときもある、こちらのすがたは見えないのか、見えたとて構う気はないのか、一周するあいだに、謎の姿態が展開されることもある、別れた海豚を思い出し、水族館へ行きたくなる、

もっとも地に近い刹那、身を屈めて乗りこみ、送り出されたふたりは、密室の上昇とともに、それぞれの輪郭をばらばらにし始め、細胞壁に似た透きとおる壁をうわずる息で曇らせ始めて、近づき、近づく、指先を合わせ、唇と舌を、合わせる、このとき双方の濃度に偏りがあると、空中ブランコのように片方がずり落ちる、とはいえ、濃度が揃う方が稀で、落差は言葉や仕草で補われたりさらなる落差を生み落としたりもする、そうして程なく、頂点へ達し、あとは下降を見るばかりだ、熱の塊は港へ落ちていく、

今朝、七回目の回転が終わったときのことだ、もっとも地に近い刹那、係の人がぶっきらぼうに告げた、「伝言だよ、あんたの友だちとかいう人からだけど、当分は来られないってさ、子どもが出来たからって」、「友だちって、小夜子という名でしたか?」「うん、そんな名前だったな」、上昇し始めた個室の窓から愛想のない声が流れこんだ、この人に、邪魔にされているんだ、と改めて思い知りながら、軌道に抗うこともできずに昇っていく、ここがいちばん上かなと思うと、まだもう少しある、ここか、ここかな、と張りつめるとき個室は最高地点に達する、太

陽に近づく、持ち上げる、小夜子は子を、宿したのだ、しばらくは、上昇も下降も確かに、からだによくないだろう、小夜子は来ないだろうと了解できた、けれど、それとは無関係に、もう来てはくれないだろうという予感も湧いてひろがった、最後に会ったときに、そう感じたことを思い出す、急速に滲んで、真昼の個室いっぱいに、満ち溢れる、

地上との繋がりを、ますます失くすだろう、その善し悪しの判断を、下す材料すら持たずに、回りつづける、棄てたこともなければ、棄てられたこともないはずだが、ひたすらに上昇と下降を繰り返す、港はゆっくりと、おずおずと、開かれたのだ、居留地に咲いたのは、江戸から継がれた梅桜、

港の灯りや、中華街の灯りが、眠りの底から起き上がり、ふたり組が乗ってきた、見れば、男のような女と、女のような男だ、係の人は機械的に送り出すだけだ、向かいの座席に隣り合って坐るふたりを、眺めたが、つめたい空気はいつまで経っても解けない、駄目なのではないかこのふたりは、一時的な喧嘩ではない、決して折り合えない蟠りが、それぞれを深く掻き乱す、これまでにない、極度の冷却作用に、密室はかたちのよい霜の花でいっぱい、座席の上へ両足を上げ、膝を抱えて丸くなり、見守る、

密室は上昇していく、頂点に達する、そして僅かに下降を始めたとき、どちらからともなく、立ち上がり、透きとおる細胞に似た空間は、衝撃で我を失い、揺れた、「危ないですよ、坐ってください」、おののいて声を出したが、まるで聞こえないのか、立ったままだ、ふたりは、ほぼ同時に腕を出し摑み合った、諍いに、霜の花が羽根のように散った、「危ない、やめてください」、注意したが、聞こえないようだった、揺れながら、揉み合う、どちらも譲らない、密室は下降していく、港の灯、街の灯、乱れ飛ぶ、

上空では開かないはずのドアが突然、口のごとくに開き、技を掛け合うようになだれたふたりのうちのひとりが夜の空へ飛ばされる、落ちたのは女のような男の方だ、しまった、と慌てると、男のような女は、乱れた髪を両手で抑えて整えようとする、高さがあれば風も強い、天地

の揺れに、立っていられない、こんなこと、はじめてで、どうしたらよいか、わからず頭を抱えると、船の帆のかたちを写したビルの傍らを、ヘリコプターが通過する、ふたたび眼を移すと、揺れて、向かいの座席には人のかたちがふたつ、あった、男のような女と女のような男の、ふたりだった、ドアは閉まり、天井は曇りなく透きとおり、なにひとつ、動かされた跡はない、首を垂れるように、密室は下降をつづけてもっとも地に近いその刹那に備える、見たと思ったのは何だったのか、落ちたもの、落とされたものは、何だったのだろうか、係の人の頭は、見下ろす眼の表を滑り、迫ってくる、黒々と丸いままに、近づいてくる、

ばらばらの虹

父の首に
手を掛ける時代は　いつのまにか終わったようだ
国中が　いちいちに頷き　物分かりよく過ぎていく
晴れても　にこにこ　雨降りでも　にこにこ
火を通したものは　おしなべて　柔らかく
顎という顎を　眠らせ　ちいさく　していく

雲が減る日
鳥の染みの　谷へ飲まれる移動をながめる
去勢されたおとこが　水より静かに送りこまれる
顎もちいさく　歯もちいさい
拒絶すると　母に
押し倒され跨られ　首　絞められる
派手なインコが　色　擦りつけて啼く　啼く
正座して膝に　両手そろえるもうひとりのわたしは
止めに入る
脈拍も　変えることなく
母の力はゆるめられずに
目から耳から股間から　湧いて流れはじめる
億千萬　睡蓮　浮かべて　きしきしと
回転しながら　澄んでいく

花びら食べる人たち集まって来る
（億千萬　睡蓮　浮かべて）
新しい芽も　おいしそう
甘い波　立ちあがっては砕けて落ちこむ

となりの部屋は
間取りをなぞられ　軋む音
雨　飲み干した　おとこ　おんな
展開図に従って少しずつ折られていく
拳に壁を叩かせる
沈黙
蛇

虹？

ながいこと飼っていました虹を
楕円の皿の水は　毎日　取り替える
五角形の音を立てて　水　飲んでいました
曲がることや絞めることは彼の属性でした股間を
出入りしては　撒き散らし消えていく　そのあとには
なにやら骨が落ちています　虹が過ぎれば頭痛がすると
祖母などは垂れさがる乳房で呟いたものでした
虹は甘く　甘く甘くて

壁がながれおちる
草木の一生のように溶けてながれおちる
水の部屋には決まり事がない
折りたたまれては開かれてゆく
壁と床の際　壁と天井の　際
漏れてくるものを吸い上げ膨らんでいく
（億千萬　睡蓮　浮かべて）
となりの部屋は
間取りをなぞる高い沈黙
水場へ行くには決まった道を辿る生きものの声
咽喉を越えて巻き取られていくその声

虹？

虹を見つけた母は
忍び寄り　絞め殺そうとした
格子から逃れて　虹はもう返らない
ななかまどの洞に棲みつき戻らない
ななかまどの暗い根方へ通えば
烈しい出入りに　弾き殺される
幾度でも生き返る

壁から漏れる道　指のあいだから
もたらされる水場への　道
指をぬぐい　虹をふくむ
声の濃淡が追いかける
（イソギンチャク　ためいき）
塞がり　ひらかれる
知りたいのはつまりこういうこと
わたしはあなたに間に合ったのか
わたしはあなたに遅れたのか

細胞のひとつひとつが合わさっては消えていく

その音をきいている　沈む鎮まる噴き出る
遠くの窓が曇りはじめた
からだは死にながら生まれていく
いつでもどこかが死んでいく
生きているのと同じこと
（億千萬　睡蓮　浮かべて）
くすぐったい

国中が　物分かりよく　頷き合う
火を通したやわらかいものばかり口にするから
顎がちいさくなっていく
ついて来る気配に
振り返り　吼えると　跳び退く
（イソギンチャク　ためいき）
根元からして臆病だ
ばらばらの父
ばらばらの母
ばらばらの虹を畠に蒔く
雷鳴に破られて

甘い波　引いていく
新しい国が生えてくる

添い寝

顔を近づけないのに　髭にあたる
昼間はただ釣り糸のように　すきとおっている
とおりぬけるときにはそれで幅を　測りもする
まちがいだらけの図鑑にも　そう書いてあった
ほんとうは見かけよりも　ほそい
闇が詰まっている　話の種が浮かぶ　けれど
種だけで　かたちにならない

生まれた産院には丸窓があった
その曇り硝子の内側は年中くもりで
あおられると　さるすべりが　その枝が
壺のように撫でる　呼んでいるようにも
見えたが　追いはらうようにも　見えた

なでられても硝子は　やわらかく　ならなくて
赤子たちの声は　いがいが　いがいが
雫にまぎれ　はじかれて　廊下は急に坂になる

どの鈴をつけるか　選ぶ気がない
おんなじようにきこえます　どれも　と
濡れた鼻の下にある口　動かしもしないでいう
いつのまにか脇へ　すべりこみ
まばたき　やめている　静か

わたしを取り上げた産婆どこへ行ったのかな
骨にこびりついたものが肉ならば
あかりのもとには　なにが　あるのか
霜降る土の上の部屋　しずか
図鑑よりも馴染みがないものを思い出す
早打ちの　鼓動のとなりで

古い肉

凝らすほどの眼があるならば凝らす窓
見られれば見られるほどに透けていく硝子に
鳥の跡は少ない　羽毛の跡は　少ないよ
鵯《ひよどり》には鵯　雀には雀　百舌《もず》には百舌の伝達手段もあり
用心ばかりが行き渡る　それでも　ときどき
当たって落ちるもの　羽の　折れたもの
拾いあげ嘴を　ふたつに割って穀類
そんなことはやめるようにと姉のようなかたちが遮る
囲ってはいけない、という
救けては、いけないという
瞬き二度のあいだへ息を　差し挟むとき鳥の
人よりもいくらか高い体温が流れてきて
睫毛に
載りました
姉は影にも恵まれず　かたちだけだったけれど
重しの役目には近かった　ね

なにかが飛ぶのを防いでいたのですね

そうです

散文の姉は舌を垂らして柵を越える
散文の姉に手を引かれ連れていかれる明るめの墓苑　渇
く
従順なふりに馴れていたのは　昔　家畜だったからかな
蹄のかわりに指を生やすこの手と同じ数の　指の中から
　いっぽん選んで姉は
石　指す

ほら、名

名？

な。やわらかい青茎のその音が、息と二重に生まれると
　いうのは勘違い
発音の手前で姉の　企みに　気づく　身はそこに留めた

まま　躱《かわ》そうとした
石には刻まれている　見えないものと一致し烈しく交わ
るいくつかの文字が

ほら、同じ名

同じ？

姉の弾は当たらなかった　家畜だった過去からの習いに
基づけば危険を
察知するのは役割の一部　わずかばかり先に首を垂れれ
ば団栗の落下　破裂音
谷の調和は許されず破かれて　丸いものの発する音にも
棘が生えてさらに沈黙
（なにかどうも生まれた気がしないとは　思っていた
な）
家畜の背に降る雪が　頁を繰るほどの断絶も見せずに枯
野へ繋がり
しんしんしんと歩いていた

散文の姉が野原で子どもを産んでいた
すがたは見えず　金の輪こすり合わせる声　溶けて崩れ
る岩の声音
すべての草　すべての青草が　すべての青人草がそこに
あり
楽々と
見ている
捨てるなら拾っていこうと窺うと
意外にも抱き取られ　ふたつになったものはひとつに重
なり縮んで
野原の中心へ　吸い取られる
消えたな　もう　このまま消えてしまうのか　と
寂しさを安堵の刃物で割ると　背後へ顕れた
姉の曲がった首には　鎖がついている
その先はどこにも繋がれていない　散文の姉
鎖のせいで動きが鈍い姉　犬歯ばかりが伸びている
ちらつかせ　ふたりの巣穴を　思い出させようとする

　ほら、石
石？

指された石を見ると　おもてを突き抜け奥へ沈んでいる
　のは姉の名だった
消えたものの名が石の奥から　見上げていて　眼が合う
石の名は姉にもあり　灰と緑にまみれている
透明な草　透明な石が　取り残されたように生えていて
それぞれの匂い　嗅ぎ分けようとすると　終わりの鐘が
　鳴らされた
終わったふりをしてその場は去り　また夜中に忍び入る
ああでもない　こうでもない　と探る先から足跡は埋《うず》ま
　る

二ヵ月前に見つけた塩の穴ではその白さばかりを舐めて
　いた
散文の姉もいっしょに
いつでも決まったかたちに組み上げられていく塩の結晶
　その配列を
眼の膜に写し取り　融けることなく動かされていた
山にも湧く塩を煮詰め　赤い結晶にして運んだ背は　帰
　り道には
雪の空へひらかれる　はっきりと

落ちていった姉

短いすがた

そんなふうに書いている場合ではないと散文の姉に　た
　しなめられる
それでも　石のあいだに名を探り　取り出したノートに
　書きつけるとき
急ぐことはできないな　答えを　急ぐことはできない
　なぜかというと
道すがらの屈伸　首の左右　拾ったり　じっと聴くこ
　と　そんなところに
だいじな　取り替えのきかない毛のようなものが生え

て　いるからです
散文の姉には　見えない鍵が掛かっていた　鍵なら渡し
　たというのだが
覚えがない　姉の記憶違いではないか

そこへ行くにはどうすればいいのだろう
高い枝で猛禽の雛が育つ音
まだ生まれてもいない獲物を撫でまわす鉤爪の音
巣を成す小枝をばりばりと踏む　踏む
古い肉など要らない
滴るものの赤い温かさに場所は　譲られるはず
猛禽の瞼は　雲への距離をまるめて　やわらかい

腕を駆けてくる狼

睫毛の林に　凍りはじめる
内が外でもある網の目に　引き揚げられては　放り出さ
　れる

あかるくて先は　見えないけれど　まばたきのための瞼
　が無いためではなく
雪の上　横たわっているうちに増す雲の厚み
細胞に　はじめての景色つぎつぎと　またつぎつぎと映
　していって
そばには網を　繕う人
網の目よりも小さなものには　網のすがたは映らない
知らないうちに潜り抜け　また潜り抜け　あっても無い
　のと同じこと
網の目より大きなものなら　掛かれば素早く引き揚げら
　れる
繕う人に訊くべきことはみな　水のなかに置いてきた
ひとつくらい憶えていないのかと　跳ね上がっても水滴
　ばかり
落ちるのは水滴ばかりで　そこへ　映りながら壊れなが
　ら　繕う人
火のそばにいて　熱に染まって　火の粉あびて　網は端
　から繕われる
ふたたび　みずうみへ　出るために

腕を伸ばせばもっとも遠くなる中指の爪のあたりから
狼が
飛んできて　あたまごと飲もうとしてやめる　それを
繰り返す
深い場所なのだとわかるが底ではない　恐怖はなく不
安もない
落ちている毛をひろうと　拒むように堅くて灰色　狼
だ
生い茂る暦

飛行機が落ちたり大統領が裁かれたり、孫を失くしたお
ばあさんが自爆したり遠いと思うのは気のせいで、ひと
つづきの大気のなかにあり、だからといってそこへおも
むきなにかするのが正しさでもなく見ているだけの正し
さもなくて手をこまねいているうちに皺が寄り骨なども
弱りあっというまに鳥辺野の煙り
気がつけば手のなかに

繕うための網があり
ただ網があり　けれど方法は見つからない
網は揺れ　網はいつもどこか破れて
堪えかねて光ったり　捕えそこねたり　している
棄てようとするときには　掌に張りついて離れない
足元では見たこともない種　つぎつぎと芽を吹く
鳥たちが渡りの途中でこぼした種
羽の下から生い茂る実生の林
睫毛の林
光こぼして駆けていく
踏まれた跡も雪に隠されるあいだの道を行けば
ふたたび　みずうみへ

全面凍結　その上を渡る
平らな眺めを組み立て直す　雪が
湖面につもった雪がどんな音も受け入れて静か
ひとつのあかるさが投げ出されていて　足は吸い寄せら
れていく
火を焚く人が　乾いた枝を足して音　炎　繕うための網

はそばに
呼ばれもしないし　追い払われることもない
近寄って　その火にあたる
燃されるものだけが口をきく　炎
火の粉が服に　黒い染みをつくる　炎
煮られているものは魚で　尾鰭が湯気を立てている
雪の上へ　丸まる網には　鱗の欠片が光って凍って
足の下　氷の下に　まだまだ泳ぐものの気配
ゆがんだ器に　煮えた中身がよそわれる　火の粉
啜るとき両耳へ流れ着く狼　暗闇
山裾から　山を折りたたみながら　狼の残響
網を繕う人は　眼を上げるよりもはやく　指を止める
指は山の声を聴くともなく聴き　炎
余熱の鉄に似た響き　炎

腕を伸ばせばもっとも遠くなる中指の爪のあたりから
　狼が
駆けてきて　あたまごと飲もうと口を開けるが　思い
　がけず
牙がみな白いのでじっと見入るとき　向きを変えて引
　き返す

距離感など当てにはならない
夜昼を問わず　地球の反対側の知り合いを呼び出すこと
　もできる
けれど　何のため？　すべての繋がりは　何のために？
手のなかの網　繕ううちに　別のところが破けている
破けたところから　取り返しのつかないものが抜け出て
　もいく
繕う指を　追いかけながら破れていくなら　蜘蛛のよう
　に果てもない
破れを　知らせ合ったりしない　じぶんの網を　ぼんや
　り　見るだけ

火を焚く人のそばに休んで　乾いた小枝を足していく
炎は枝葉をもとめて音に変える水の音に
壊れた器械の燃えるにおいがして
組み立て直される前から景色は倒れずにあり

欠けていくうちにも新しく成り
みずうみは開いたままの　眼
氷の下に　眠るもの　まだまだ起きているもの
その気配を氷上で　受け止めるとき
胸に丸まる　網がひろがる

網の目はさらに細やかに分かれて
見れば草木の息のよう
狼の残響を残す山にもかぶさり　さらにさらに
眠らせていく
林のまばたきが根を震わせる　なおもこまかく
分かれていく
掛かっているのか　抜け出ているのか　伝っているのか
わからない網が
あらゆる場所の細胞と重なりながらゆっくりと
ひろげられていく
出会っては燃され
別れていく音　炎　眼　林　今日に見る明日
見なければ見えない網

もつれるものをほぐすときには
遠いものから近づいてくる
立っていればいいのだろうか　ここに?
息吹き返す枯れ枝が炎の底から起き上がり
おおう雲を突き抜けるのなら　はじめての眺めにも
懐かしい滴が落ちる
繕う先から破れていくのは
鱗が生え変わるようなことなのだ
網の目が細かく　なれば　なるほどに
乱れる淵へ投げかける　なにもかも
開いたまま　凍ったまま
前後左右は透きとおり
それからの音を聴く

（『隠す葉』二〇〇七年思潮社刊）

＊本文庫収載にあたって、「黙契」「腕を駆けてくる狼」は、著者自身による改行の変更がなされている。

未刊詩篇

望遠

上げようとして持ち上がらない首　よじろうとして
よじれない　からだ　異変の兆しが青黒く　寄せて来て
数え切れない毛穴　抜けて　からだの峡谷へ流れこむ
水の底から　泡立って浮草の根をくしけずりまた揺すり
もとの静けさへかえるとき　どこかで紙を　揃える音

はめられていた
筒のようなものに

転がりながら思い返す　天袋にしまったままの
お面のこと
つけていく場所のない顔は日ごとに　洗われている

指のある　この
両手で
古井戸　覆う蓋の上　鯛釣草の鉢随え
どこかで紙を　引き裂く音　まるめて燃やす
音

ラジオが虫を
追いかけ追いこして喚く　霧の町で
銃弾七発　受けてたおれた男について　しゃべっている
勘違い　なにもしていないのに撃たれたのだ　その朝
玄関に人の影　遅れて来たピザかもしれないし
なにか　少しの関係もない教えの　勧誘かもしれない
筒のようなものに　はめこまれたまま　転がっていく
木の廊下こすりながら　木目の　残響に目をまわす

（「流行通信」二〇〇五年十一月号）

冬毛が生えてくる

夕暮れ　てすりの錆びた橋の上を漕ぎゆく
なにも着ない若い魚が水を
肩から脱ぎ捨てふわっと　一筆書きに跳ねる
胸にあかいものが垂れている、と生身の声が追いついた
おどろきを隠してうつむくと　流れ落ちるものがあり
ちろちろながれるものがあり　地面を汚して燃えている
気流のように乱れる大きな手が西から
にわかに起ち上がり
そこらじゅうを掻きむしる
叩かれそうになり　身をかわすそのとき
あたまの芯では　べつの探しものを追いかける
いま　このとき　遠ざかっていくものを追いかける

このなびく草は
この草の原は
だれかの揉みくちゃのあたまの上にいる
この青紫になびく草

羽の下へ　かくまっているものを
ぬるい待機に似たものを　素手で挟み
明日の標本のように確かめる
追いつくか　おくれるか　わからない

紙のようには揃わない竹林が後ずさりしながら
夜の音を鵜呑みにしていく　空音　鳥の空音
こおろぎの失言　うっかり　耳にとどく雪　霜　氷
そのまえにすべて
抜け替わる

（「流行通信」二〇〇五年十二月号）

鼻腔日記

残り香おいかけ四時間ごとには薫くので
わたしのねこは沈香のにおい
丸背にも　垂れた腹にも尻尾にも移り

縞にも地にも　ふかぶか染みて
わたしと姉のねこはきょうも沈香のにおい
月影　星影ない　その丑三つ時に
山川草木　聴こうとすれば　鼻先を
かすめて出かける香りねこ　香りねこ
行く先　知らない　他所へ行っても
遊んできても　香りを変えては来ないので
なにしているのか　すこしも知らない
胃をかばい右を下にして床に臥し眼を閉じ
今週の絶頂　舌禍　罪と罰　愛に似たもの
魚の鰓めくるように思い返していると
息をころして　忍ぶものあり
忍んで寄り来るものがあり
正直、面倒　こんなことに
時間を割くのは気がすすまない
約束したおぼえ　ないのにな
寝言の火元から出まかせに煙吐きつつ
勢いつけて足　のばしたら
どこに当たったのか脛かかえて転げた

知らないふりして寝返り打てば
襟からの空気ひんやり　鳥肌　飛び立ち
鳴き交わす声　紙ふるわせ　かすかに流れて
わたしのねこかどうか　確かめられない
まぶた　こめかみ　熱をもち　水を飲みたい
だれの声音なのか　たしかめられない
草　逆立てる屋根　かるくなっていく

（「流行通信」二〇〇六年二月号）

岩

島の坂を　知りつくす老いた蛇のように
のぼって来るのは昼を知らせるサイレンでした
のぼりながら熱を下げ　坂道を丸呑みにする
遅れてしまった　扉に手を掛けると
鍵がもう　掛けられていた
昼には　郵便局も眠りこむ
開くまでのあいだ

そばの一枚岩の上にすわっていました
しろくて　あたたかそうだった
目を近づけるとふくまれているこまかな銀の粒
蟻の瞳のように輝き　昼休みの子どもたち
岩のかたわら　舟曳く速さで通り過ぎる
まわりの草に　知っているものはない
しろい岩は反射して鏡の内側のように温まらず
黄の皮膚を　ふかくふかく　灼くばかりだった
待っているつもりが　だんだん
そうではなくなってくる　だんだん
待ってなどいないと　わかりはじめる
郵便局が開いていようと閉まっていようと
このとき　しろい一枚岩にすわるはずだったと
蟻に息　吹き掛けながら　知らされる
決まっていたことだったと　知らされる
（岩は吸いこもうとしている）
国境の言葉でたかく啼いて空破くひばり
（岩は吸いこもうとしている）
その肌の下へ簡単に　しまわれそうになる
柵のなかをからにした車が坂をなぞる　強く
岩の眼を開けば　こぼれて
またたくまに乾く

（「流行通信」二〇〇六年三月号）

鰐・鞄・財布

いっそ止まなければいいのだ雨など
港区の水脈
水かさ増えれば下水に暮らす
鰐も　たちまち
移動距離を　のばすだろう
地下鉄銀座線と平行に泳ぐ鰐らに
　駅は無し　アア　駅は無し
うろこの模様うつくしく　揃っているけど
いまさら　鞄や財布になりたく　ないね
べつに　なににも　なりたくない
眉の薄いアザラシに住民票あげるなら

ちょうだい　あたしらにも
枝豆を　さやから押し出しテーブルに
ならべると十七粒　緑　黄緑　へそがある
この下腹部に　探してもへそは無い
　たまごから孵ったからなのか
店の傘立てに手をのばすと
見あたらない　藤色の長傘
差しはじめて三ヵ月いったいどこへ
だれか間違えて　持っていったのだろうか
もじもじと残ったのは墨色のが二本
片方は「山下」と名乗る
「山下」を　だまって持ち去りはしない
柄に記名のないほうを選んで　力任せに
ひらき　かざせば　天水だらだら弾かれて
はじめての暗黒に頭　おおわれる
こんなにも隔てられこんなにも行方知れず
帰る場所は決まっている

（「流行通信」二〇〇六年五月号）

源

磨滅の石段
　水に洗われ
　　舟を出す
舳先に腰かけているのは　汚れの目立たない羊
首を鳴らしながら　行く先を　訊ねると
振り向いて　前置きなしに　皮を脱ぐ
硬いなら敷けと、脱いだものを貸してくれる
どの昼にあっても
　迷いは井戸から汲み上げる
　　どんな夜にも　　浚《さら》う
　　　底を浚う
味わう暇もなかったのはいつも時計の長針短針
植物の一部に似たそれを　適当に　巻きもどす
ハンガリー人の女がフランス語であらわした
日本語訳の本の内側　生まれるように通り過ぎ
ひとり　膝を抱える　尻の下に板　板の下に波
いいたいことがあったのに　まるで思い出さず

尻に敷いた羊の毛を　まさぐるばかりだ
「河口まで行くんですか」
「なにをいっているんだ」

思い切り遡っているのだった
源を求める
そこから滴り落ちるのは
かじりついた桃の甘さ
一途だが　不確かかな
川底の丸石　拾いたくても拾えず
見定めたそばから　過ぎていく
髪も爪も　その束の間にも　伸びてゆく

（「流行通信」二〇〇六年六月号）

洛

雲が破れて　苔庭
影の島は　緑を刻んで駆けまわる
首を立てると　蝶でした
ふたたび　しずまる　苔の海

迷いなく　ひと思いに切り裂く影
かたちをまとめると要するに鳥でした
いつでも　ペンに似ています
後ろへは飛んだことがない

男の丸い背が枯葉を拾い集める
（広葉　針葉　小枝　樹の皮　そして）
落ちてくるものは　ことごとく取り除く
それでも　男のために落ちてくるのです
鏡のように保たれる

厨《くりや》から煙　咳　海老の香り
「飲食を禁ず」
縁側で　力のないおむすびに口をつける
予期せぬものが埋もれている

つまんで　靴と靴の隙間へ落とした
（やしなわれる蟻）
指についたご飯粒も弾き落とした
（やしなわれる庭雀）

苔の海が　硬い蝶を噴きあげる
聴いたことのない言語で騒ぎ立てる
書き取ると　目の前が持ちあがる

（「流行通信」二〇〇六年八月号）

雪ノ下

川の片目が
開くときだれかの
両の眼は閉じていく

雪　雪
引き取られるものはそのとき息で
血圧酸素の値は低下　断崖を象る波形は
出没の数を減らしていく（雪　雪）

どうしても　瞼
その薄皮を指の先でめくり黒い孔へ顔を
注いでみる　映るか　どうかも（鰯？）
かなしみ追い越し浮かぶ魚屋
店頭で手を拭く　店名の薄れた前掛けに
捌く両手は隠され流れて

雪　雪
　雪　雪　雪

こごえる地平が握る掌ゆるめないときには
　握られたまま、繭つくる繭つくる
膝かかえて糸を吐けば顔中に巻きつき
　覚えたことを　ひとつずつ　忘れる
ここはあたたかいな、と思う　ことが　できない
　表わす、そんな行為からは見捨てられている

落ちていくだけあおむけに

いつでも拡大鏡を携帯するその人は
陽の見えない真昼　フェンスにかざして
つめたい結晶を披露
　つめたすぎる結晶を
（黙って）
じぶんでつくったものでなくても
　じぶんでつくったのとおなじこと
　　こんな日には

雪　雪

指先に結晶を受ければ即座に
かたちを
　その構造を変えていく
とけて、針も角も失われて鈍く
　（邪魔だよね体温が）

波形が失せて棒線になる黄緑の棒線に
　いくら見つめても眠りこむ一直線
　　これでもう　なにもかも　終わり
　閉じられたのに
開かれている
ひとのかたちの　上に　雪　雪
固体の構造は保たれたまま
　息とめた肌に積もって
結晶は家、
ひとつとして同じではない
雪の時間が脱皮する

魚屋？

焼かれるまでのくちびるに手持ちのグロスを
指で塗る光らせる、触れたことなどなかったのに
いまさらのおこない　その町では火葬代は三万円
レストランの駐車場の、無断駐車の罰金と同じ
罰金と同額で焼かれる　からだ　なんだ

体温に遮られ、
読もうとする先から雪の文字は見えなくなり
右岸にひとがあらわれれば左岸では消えゆき
雪　雪　かなわなくても
逢えるのを待っている

（「現代詩手帖」二〇〇八年一月号）

まみれ

たたまれた帆布の下に
まだ汚さない手と
汚さなければならない手とが
あるような　二〇〇八年（平成二十年）
張らずに出帆　島影は　しんとしたまま　子を生んで
　いる
はじまらない出発に　たえず巻きもどされること
それをも出発と呼ぶのなら　さらに書きつけられて
　いく
植物性の紙面に（改行）画面にも

耳を切りとる楽音　壊れる音　割れる音
人ではないものの声に人声を
あわせて響かせるその時の間も詩なら
まみれていくこと　まみれからの脱出を
こころみる　そのことも詩なのでしょう
「詭弁だよ」
「閉じこめる？」
「つもりはなくても」
そうなんです（改行）めくる暦の一枚ごとに二〇〇八と
　書いてある
海空　雪月花とか　時間を（改行）越えるふりする言葉
と
新宿　Ｗｉｉ　勝手に広告
越えていく　というのではない言葉とを

きげん悪い猿
のように連れまわしてる

展示室にて原人模型を眺めるときには訊いてみたかった
　のです
「どこからが人間なのか」
純度？　こんなに魚が混じっている　というのに
まみれのなかに詩はあると
まみれ　そのなかにしか　も鹿して　詩はないかも

　誘蛾灯が下りてくる　目のなかに
目玉の模様　またたいて咳
草のあいだにしゃがんで息　ひそめて
だれも　見つけに来ないとき
　場面ごと　根こそぎ　流れて

まみれはじめる（改行）言葉の（改行）からだです
埴輪を　くれようとしないままくれたその頃の　人たち
ありがとう　かわいがる

（掘り返してごめんなさい）
その空洞に　拒まれながら吸いこまれ
座ることのできる場所がひらけて
これから　いまから　葦の宴　考える葦原の
透んで　靡く　そしてもうこのようにまみれていく
そしてもうこのようにそのように　離れて

無いことで在る　そんな言葉があるのなら
埴輪の穴が知っている　空蟬が
知っている　いる　青竹　節々　貝殻が
米に若菜に　ふれて　さらに
そよぐ舌
が

葦原　搔き分け行く群れ　息の朝霧
水の粒子に黒目は撃たれて
　乱れることがまとまりならば
（まみれによって鹿あらわせない）
　おいしそうでも　捕まりません

（まみれで鹿あらわせない）
どこからが人間？
獣の咆哮　鳥声も　口からこぼれては耳へもどる
剝製の　硝子の目にも映ることはできる
掻き消される人の声です
掻き消されるとき生まれてくる人の声です
まみれはじめる

（「ユリイカ」二〇〇八年五月号）

流れのなかの流れ

緑の信号がまばたきを
繰り返す交差点の真ん中で傘は
自分のでない、そう気づく
（けれどもしずくはふくらみ落ちる）
もどるには　遠すぎる
傘の下にからだを
入れたまま川へのほそ道なぞればビルは
薄まりながら　まばらに　やがて空白

濁流

絡めとられては浮かび上がるテーブルがある
集った人たち　いまごろ　それぞれの場所にいて
数字をかぞえ直す　鍵さしこむ　列に並んだり
見えなく　なる
柳の枝先が潮に　飲まれつづけて
ちぎれずまだ靡いてそうして緑
テーブルのひきだしは耐えかねて中身を
もそり　もそりと　打ち明ける
そうだ、ここに天気予報
はずれた今日の　天気予報がある
ぶあつく増えていく雲に
離陸後のまっすぐな音
刺し抜かれて息とめる

ひきだしにはぜんまい仕掛けのロボット
青くてさ　電池は昨日から切れている

動かないことは動くことに少し似ていた
黄ばんだ岸辺に立ちつくし
他人の傘をひろげて風を避けながら
「あれは教師だ」と気づく

羽の下には潰れた鞄を隠す
どのように教えられればいいのだか
わかりはしないとき　つつみ隠す
冷蔵庫が流されてくる後から
ソファー　黒いタイヤ　庭が　流れてくる
のびる舌をのばして
鼻先についた雨しずくを舐める
動かないことは動くことに似ていた
眠るふりをしていた草が　我に返る
開花をはじめる

（「something」第七号、二〇〇八年七月）

デモ

混ざり合いたくない黒の石と白の石
四角い庭先で　まぜられて
そのうえに蟻の通過が見える
拡声器から生まれる声が
漂ってくる　皺くちゃに丸まりながら

なにかの移転に反対するなら
足元も　あえなく　ぬかるむのか
油照りに蔓植物　繁茂
多くは　口という口をつぐんで
素通りの窓をぬぐって

不要だが必要だ
終わったのに始まっている
赤い花に火がついて
町の名は沈んだ

足音はとうとう立ち止まる
ノートを閉じる音に耳は探られ
いっそう翳って結露の扉
線を引くための動き
決めるために重ねる動き
大勢のためだが一人のためにはならない動き
主の崩れた巣の前に
ちぎれた羽根が落ちている

移動
その意味を履きちがえる
裏側で鳴るときには
手を拭きながら
確かめに行く

（「something」第七号、二〇〇八年七月）

種を買う

柱にもたれて
二年生が本を読んでいる
ページに丸顔　映しながら
おもてが暗くなるまで眺めている
（どんな冒険物語？）
鳥船　速度の時代
ボタン一つで　人は消されて
見過ごすのではない、
見てもなにも感じない時代

種を蒔く
出るかどうかわからない種を
　出なくてもがっかりしない　また蒔く

文字のひまわりも首を回す
からだじゅうに光を塗られて歌う
（この町の花はひまわり）

蒔かない種は煎って食べる
大きな葉に穴を開け　お面を作る
人口と悪事が　駅の階段で躓く

（「something」第七号、二〇〇八年七月）

林の顔

まつげの林に暮らすひと
まつげの林にかかる雫に映るひと
日曜を　こまかに折りたたみ
忘れたころにはひろげる　膝の上

林は底まで捜索される
（捜索願いは出されている）
横たわり　土になり　地になって
ひとさし指　その先端を素早くなめて
地の底に烏賊を感じる

足音たてた　また足音　たてた
気づかれたかった　のではない
その日　足音は
たてられると決まっていた

まつげの林は
きりきりと　雲に接して
続けられずに
とぎれて溶ける

（「真夜中」第二号、二〇〇八年七月）

つめとぎ

翼の退化したものや
巻きに巻いて二度とほどけない巻き貝が
足もとへ、のたりのたりと集まって
毛皮をくれ、嘴をくれ、みみたぶをくれ、

せがんだり壊れたりしている

皮膚や目玉、鼻や唇、上下の毛、
もう他にやるものがない
骨ばかりになれば遺跡の速度で崩れ去る
集うものたち黙りこみ解散する

横になるからだと平行に
　時間の河が流れて、
毛穴から生える水草の
　緑をゆらして弄ぶ
アタマニクルヨ
イロンナコト

からだを横にしたまま心だけ起き上がる
支度して、心を盗みに行こうとする心
欲すれば虫になり焼け死んだ、
そんなものしか欲しない

（「すばる」二〇〇九年三月号）

はじめての海

さわらないでと蟹がいう
だから見るだけにします
ゆるやかにもがく脚
水をつまんではゆっくりと
まぶたのように開くはさみ
脱皮の呪文をとなえる口もと
距離はすこしも縮まらない
耳をくすぐる泡の音
どおんとくずれる波の音
その黒い眼に映りたい
わたしは蟹がすきだった

（「南桂子生誕１００年記念展」図録、二〇一一年一月）

鳥のかたちに似ている日

この歩数がひらく並木を
滑空、

うそをつく人間が顔を
あげたままたどっていけば

いっぱいにもえあがり
つばさの先からうっとり溶けて

木には　裏も表もない

あしたまた
生まれてくる

（「南桂子生誕１００年記念展」図録、二〇一一年一月）

この道はだれかの口へつづいている

抱えていたものは抜け落ちた
すっかり　からになる腕のなか
その暗闇へつぎつぎに
なげこまれる海と山、波、霧

月は平気でふとっていく
脈がはやくなる
わたしたちはたがいを
着てみては脱ぎ捨てる

鱗のあるもの　まばたきせずに
毛、はやしたものたち夜通し走って
この夜を置き去りにする
口をあけて待っている

（「南桂子生誕１００年記念展」図録、二〇一一年一月）

鈴と火山

ひとさし指と親指のあいだに
山を置いて　計っている
ぐずぐずと燃え上がる
埋めても朽ちない、土に
還れないものが多い
当座のこととして積まれた
気休めの言葉なら
すでに正体をあらわし
軽さを持て余しては飛んでいく
「どこから来たの？」
剣の先をひやりと
触れ合わせるみたいに町の名を
交わして　そこから　どこかへ
編みこまれていく強く
（霧雨　靴音　湿って）
荷物には鈴　ひりひり鳴って
時間がさあっと燃えていく

「どこに行くの？」
近くを答えてもいいし遠くでもいい
そのあいだで息を
使い果たすことだけわかっている
限られている
限られて　いる
（当惑　美　悪　あくび）
驚きには慣れることがない
それはいつでも　はじめてのもの
手のなかに　鈴と火山を近づける
つま先の先へ　知っている町の
まるで知らない今日が散らかり
「ここにいるよ」
似ていないからまざり合う
天空が抜けていく

（「読売新聞」二〇一二年十月二十日夕刊）

散文

詩について

Ⅰ　詩と文

詩は、それまでにないものの見方を示す方法の一つにほかならない。言葉が言葉を照らし出し、それによってさらに別の言葉に光が当たり、一編の全体図へ向かって力に似たものを集めていく。見慣れたものも、見知らぬものになっていく。一編の詩が生まれる途中の、計画性はないにもかかわらず、言葉を必然的に引っぱっていく力、動き。それが詩だろう。

次になにが出てくるのかは、わからない。けれど、出てきたものは、ほとんど説明しがたい次元で素早く動く選択と判断の流れにさらされて、言葉と言葉のあいだに居場所を定めようとする。言葉は、定められてしまうことから逃れようとしながら、それでも場所を得て、他の言葉を支えたり、あるいは飛び越したり、裏切ったりする。そんな繰り返しのなかに、リズムやテンポが織り出される。一編のかたちが浮かび上がってくる。

書いている途上、道のり、過程そのものが、自分にとってはもっとも強烈な詩の瞬間であり、いったん定着させてしまうとそれは、たちまち屍のようなものとなる。これまでに書いてきた詩、これから書く詩。これまで読んできた詩、これから出会う詩。すべては言葉の屍やその残像なのだ。だからこそ、読むときにはよみがえる。そのようにしか言葉と出会うことはできない。つまり、そのようにして、言葉と出会うことができる。

現代の詩が事あるごとに対面する疑念の一つは、意味だ。その行は、その言葉は、その詩はどういう意味なのか、と。言葉は、意味を担う運命を託されているから、単純に無意味のふりをすることはできない。結局は、無意味も意味に取り巻かれ、見張られている。その結果は詩の歴史のなかにも投げ出されている。

意味らしきものを一編の詩から引き出すことはできる、ということは事実だ。けれど、意味やテーマやモチーフという角度から説明したとしても、それでその一編を語ったことにはならない。なぜなら、詩は言葉そのものがもつ音の性格と常に一つのものであり、この点を含めることで、単なる意味以上の出来事を引き起こしているものだからだ。言葉をたどっていって、その先に見えてくる、意味以上の出来事。そこにある言葉を総合したところ以上の事柄。鍵はそこにある。

求めても容易には得られないそうした一編の全体図は、意味と感覚の束が、ふさわしい音を拾ったときに生じるものだ。ふさわしい音は、的確な空白を備えてもいて、それによって全体の進行が決まってくる。とはいえ、音だけ、というのはナンセンスだ。意図的に意味をすべて外そうとして音だけにすると、それは、作者をも含む受け手の意識をただ素通りしてしまう（無論、あえてそこを書く、という試みにも余地はある。だが、それだけというわけにはいかない）。

意味だけではなく、音だけでもない、さまざまな要素がまざり合う地点に、かろうじて、けれども確かに成り立つ一編のすがた。そうして、現れては消えていくその影。自分が求めている詩とは、あえて言葉にしてみるならば、そういうものだ。

この考え方がどこから起こってくるかというと、結局は、文章との違いを考えようとするところからだ。現代の日本語の詩は、先天的にこの事態を抱えこんでいる。単純に散文という言葉を用いて、詩と散文という対比を描いてしまうことができるなら、と思う。ところが、その瞬間、なにかに目をつむったことになる。実際には、単なる二分割からは漏れるものがあるからだ。

現在では確かに、詩と散文、というふうに区切られることは多い。ところが、しばらく前の時代のものを読んでいくと、詩をめぐって使われる散文という言葉の受け取り方が、現在とはかなり、ずれている場合があることに気がつく。というより、詩が、狭い意味での韻文としての性格を手放し口語自由詩の道をひたすら歩んできたその過程で、あるいは現在の時点でも、それならばいったいなにが文章、散文とは違うのか、という疑問に繰り返し直面せざるを得なかったことは、どこまでも外せない問題として残るわけだ。口語自由詩の宿命。いつでも、文章、散文のとなりにあって、一編ごとに境界を求めることになるような場所に足場を得る、言葉のすがた。

たとえば、萩原朔太郎が『詩の原理』を書いたころと比べても、問題の要点はほとんど変わっていない。「形式論」の第一章「韻文と散文」には〈自由詩が「散文」であるということは、自由詩が「詩でないもの」に属することを致命的に断定するように感ずる〉ところから自由詩と散文を分けようとする傾向が生まれる、という指摘がある。つまり〈「散文」という観念が、常に「非詩」という観念と結びついているから〉両者を分離しようとする動きが生じるのだ、という。現在でも同様だろう。

朔太郎は説く。〈すべての詩は――自由詩でも定律詩でも――本質上に於て音律を重要視し、それに表現の生命的意義を置いている〉と。対し、〈小説等の文学〉にとっては、音律は〈表現の主要事ではなく、単なる属性事として取扱われている〉と。さらに、詩は自由詩も定律詩も「音律を本位とする文」であり、散文とは「非音律本位の文」である、という。その意味で〈自由詩は、決して散文に所属されない〉とする。厳密さを目指せばかえって核心から逸れていく、分類や定義の角度。そこを了解し飲みこんだ上での論が展開されている。

〈自由詩〉について、次のひと言が括弧付きで添えられている。〈昔はそれが中々肯定されなかった。自由詩が詩の認定を得るまでには幾多の長い議論が戦わされた〉と。こうしたことこそ、もうほとんど忘れられているのではないか。現在では〈自由詩〉の〈自由〉すら取れて、単に〈詩〉と呼ばれる言葉のすがたとなったものの来歴。過ぎてしまえば実感できない過去。時間が経つにつれて忘却されがちなそんな足跡を、振り返ることから与えられる可能性は、小さいものではない。

〈自由詩〉の、もうほとんどすり切れて見えないほどのその〈自由〉とは何なのか。自分で得たわけではない〈自由〉と、それゆえに生じる不自由は、考え直されなければならない。なぜか。いつでも、見たことのない場所を見たいからだ。言葉が示す未知の場を見たい。すべては、中身とかたちの共鳴、一致と不一致、その進行、全体図にかかっている。詩は、生と死をめぐる最高度の充実が一瞬にして増殖する場だ。詩という場は、四方から湧き上がってくる。言葉も言葉のすがたも、予想不能の幅をもって移ってゆく。未知の場が与えられなかった時代はない。詩はいつでも近いところにあるのだ。

Ⅱ　音

言葉で書かれるものである以上は、詩は常に音で出来ている。音が抜ける部分、つまり休止・休音の部分も含めて、音の構造物なのだ。音と同時進行のかたちで立ち現れてくるものは意味だが、このとき、伝わらないことをおそれて説明に終始するような角度の衣を着せるなら、一編の詩としては、もっとも残念な結果を呼び寄せる。詩は、説明ではない。単なる行分け散文の鈍さからは離れたところにしか詩は成り立たない。

だが、音だけの構築物を目指すことができるかといえば、仮に近いものができるとしても、面白味の薄い次元で終わってしまうだろう。試作の熱の高さとは裏腹に、そうしたものには、退屈な靄がかかっている。言葉は、音に運ばれる。これはもちろん、身体的に音を発するか否かの問題ではなく、それ以前の、言語の根源的な性質のことだ。音と意味が、運ばれていく。ある一編が詩であるならば、その始発の点で、すでに何か起きているものだ。始発の点というのは、最初の一行のことではない。最初の一行も含めてではあるけれど、その一編を構成するすべての語の始発の点、ということだ。

単に滑らかであればいいわけでもなければ、わかりやすいリズムが刻まれていればいいわけでもない（この点、リフレインというもはやだいぶ使い古された手法には、かえって難しさがある）。というより、滑らかでわかりやすいリズムなどは、むしろ疑って掛かるべきだろう。ところが、詩について理解のない場において生じがちな誤解の一つはこれで、行分けがされていてある程度のリズム感もあるならばそれで詩になる、というふうに受け取られる場合がある（詩はそもそも行分けに頼るべきではない、という議論なども、ここから出てくる）。

現代の詩は、一編ごとの音楽を生むように運命付けられている（たとえば萩原朔太郎は、「調べ」ではなく「リズム」をと考えたわけだが、現在はもっとこまかい段階に入っているといえる）。書かれるものは、一編ごとに異なるのだから当然、生まれる音も、そこから描かれる全体図の進行も自然に違ってくる。日本語の音節は、「ん」は別として子音で終わるものはなく、現状では、すべて母音あいうえおのいずれかで終わる。いつも、この五つの母音のうちのどれかが鳴っている状態なのだ。つまり、あいうえおが奏でる音楽、という側面がある。子音で終わる音節がないことから、日本語の音節の数は、およそ百十四から百十六になっている（たとえば、英語では三万から四万、中国語では四百と数えられる）。

全体のリズムやテンポや音の休止の部分などは、詩によっていくらでも変わってくるが、あいうえおの五音が響くという要素は、日本語の骨格に埋めこまれたものであるだけに、どのように書こうと必ず、常にすがたを現したままだ。五つの限られた音が一編のすみずみにまで巣を張りめぐらしている、と気づけば愕然とする。こうした点に意識を傾けるだけでも、言葉そのものから教えられることは多い。

過去に書かれた詩論などを繙いて、仰天することがある。その時代には、それなりに見るべき点があると受け取られ、しかし現在では、そのままでは通用しない論点の数々。たとえば、北川冬彦「新散文詩への道」（「詩と詩論」第三号・一九二九年三月）。新散文詩運動は詩の散文化とは違う、と説いたことはいいとしても、日本語について次のような認識が示されていることには、いまさらながら驚かされる。〈そもそも日本の詩に「音楽」を要求するのは無意義である。日本語といふものは、フランス語のやうな音楽的な言葉ではないからだ。日本の詩はすみやかに言葉の音楽には諦めをつけ、言葉の結合の生む「メカニスム」の力に、その本然の姿を見なければならぬ〉という。

サンボリズムに引き寄せられ、韻文の夢をふたたび見ようとする動きのあった日本語の詩に、反動的に生じた誤解だったのだろうか。現在なら、どうだろう。日本語には日本語の音楽がある、という見方の方が妥当ではないか（フランス語と比べて、という見地そのものが、現在なら通用しない）。どうあっても、日本語の詩は日本語の詩なのだから。そして、日本語の詩は、疑いなく日本語の詩としての音楽を奏でているのだから。結局のところ、それは詩に起こった変化ではなく、社会の変化、要するに価値観や捉え方の変化ということになる。詩といえども、それが置かれている状況や社会のものの見方と無縁ではありえない。たとえば、鮎川信夫が「現代詩とは何か」(「人間」一九四九年七月)で説いた、純粋詩という限界概念の限界の背景にも、同様のことが沈む。純粋詩という概念は〈生のどんな条件とも共存し得ない詩の至高の明澄境を暗示してゐるが、いかなる場合でも詩人と社会との関係によつて条件づけられてゐる詩の事実の面には少しも触れてゐない〉という。鮎川信夫をはじめとする「荒地」の、いかにも経験主義的な面は、後続の世代から批判を受けることにもなるわけだけれど、こうした苦境をも通過して詩の言葉が歩んできたことは、この先も記憶しておきたい。

加藤周一の「「現代詩」第二芸術論」(「文芸」一九四九年九月)も、いま読むと驚かずにはいられない内容を含んでいる。〈現代の日本語をどうならべてみたところで、美しい効果をつくりだすことはむづかしいのである。詩人は努力したし、努力してゐる。しかし、「現代詩」が第二芸術だらうといふのは、要するに現代の日本語といふ障害を克服することがむづかしからうと云ふ意味である〉。現代の日本語は「雑ぱくである」という(もっとも、この論で著者は、わずかに中原中也と三好達治の作品を認めてもいる)。

現代の日本語が「雑ぱく」かどうか、その後から生まれてきた人間たちにはわかりようもない。「雑ぱく」な言葉しかないところへ生まれてきたのだとしても、そうした人間たちも、言葉を使って生き、詩を志向する。そんな場所からも、いかなる場からも詩は生まれるし、時代の移ろいとともに変化していく言葉の場では、そのときどきで、いい詩も生まれてくるのだ。

こういってしまおうか。過去に書かれた詩が、たとえよいものであっても、それだけで現代を生きられはしない、と。どんな時代でも、言葉は、詩を生むものだ。比較の上では、傑作をもたない時代もあるだろう。泡のごとく消える作品ばかりを送り出す時代も、あるかもしれない。それでも、そうした動きも含めて現代の詩なのだと受け取らない限り、日本語の詩がつづけてきた苦闘を知ることはできない。苦闘の歴史そのものに根をはって、後続の詩は書かれてきたのだから。

日本語でものを書くなら、日本語にいくら詳しくなっても、なり過ぎることはない。明治期以降の経緯から、欧米の詩を仰いで学び、過度に重んじる時代が続いたわけだけれど、さすがに、そうした風潮も薄れて久しい。もちろん、他に学ぶことは面白い。学べることはいくらでも学びたい。けれど、日本語で日本語の詩を書くならば、と考えないわけにはいかない。その足場は、日本語の詩という領域に、長い時間をかけて確保されてきた。日本語言葉は、時代をいくらでも脱いで、進んでいく。

「なにを」書こうとするか、ではない。「なにを」と「いかに」は常に同時進行のもので、切り離すことはできないのだ。ところが、詩について語られる場合、「なにを」ばかりが取り沙汰されることは少なくない。なぜなら、「なにを」という側面からの方がずっと扱いやすいからだ。共有できるようにも見える。けれど、詩について語り、考えるときには、「なにを」ということだけをいくら扱っても、核心に届くことはない。「なにを」だけで済ませる、あるいは事足れりとするのは、どんな場合であっても、詩からは遠い角度だ。

もっとも、より厳密にいおうとするなら、散文においても「なにを」と「いかに」は深層で結びついている。それなら、こういえばいいだろうか。文学の言葉に関しては「なにを」と「いかに」は常に結びついていると。

詩と散文、韻文と散文、詩と非詩。従来さまざまな対比がなされてきたが、いまでは、文学とそうでないもの、という対比がもっとも有効なところだと思う。

そうでないものとは、つまり、ある言語の使い方として標準的であり、はみ出したところがなく、言葉としてのふくらみもなくて、説明的に働くばかりの言葉。たとえば用件を伝えるためだけの言葉、情報を伝える言葉。そんな場ではむしろ、ふくらみなどない方がよく、簡にして要を得た額面通りの言葉の方がふさわしい。文学の言葉は、そうではない。言葉によって指示された先に、なにか結果や実りなどがなければならないわけではない。なにも、なくてもいい。ただ、その言葉がそこにあるということが、そのままで一つの価値であり、出来事だからだ。

　意味の指示に終始する、用件ばかりでふくらみのない言葉はやがて死へ向かう言葉だ。目的や結果という、言葉そのものから離れた先のことを目指す言葉は、そのまま先へ先へと、いつでも少し先の成果を求めていく。その先には、さらにまたその先には、いったいなにがあるのか。死だ。まぎれもなく、個人の死がある。あるいは、種としての死も。

　対し、文学の言葉は、その一点にしばし留まるという力によって、生そのものだ。文学の言葉のなかでも、とくに詩にその力があるのは、なぜか。それは、詩は、音の要素と切り離せないことで、心拍や呼吸や血流と深く結びつく次元で動くものであり、生の根源に絶えず、絶えまなく、触れていくものだからだ。詩は、生きているもののなかを通過するそのとき、生をいっそう濃くする。詩の生も、受け手の生も、そのとき、ぐっと濃度を高める。詩を読んだり書いたりするということは、言葉によってもたらされるこうした眺めに、立ち会いつづける、ということだ。

　とはいえ、こうしたことは、あえて説明しようとすれば引き出される事柄であり、もちろんこれらを企図して詩を読んだり書いたりするわけではない。ふと見たら、そこに草が生えている。ぼんやり光っている。雲を浮かべる水面。ついとアメンボが進んでいく。静止する。あるいは、シャツのボタンが取れたり、見知らぬだれかと隣り合ってひんやりした吊り革につかまったりするような、ただそこにあるもの、ただそこに起こることとして、詩があればよい。詩は、感覚を表すだけのものではなく、時代や思想や日々の暮らしだけを表すものでもない。つまりはそのいずれでもあり、いずれでもなく、それらすべての総合体として、脈打ちながら、すべての生のあいだに存在するものだ。その距離であり、限定のない反映、限界のない反射だ。そうでなくて、他のなんだというのだろう。

Ⅲ　「なにを」と「いかに」

いくつかの場所ですでに書いてきたことだけれど、やはり詩だ、自分が吸い寄せられるものは、と改めてはっきりと思ったのは、十代半ばのある日、宮沢賢治の「春と修羅」を読んだときのことだった。読んでも、わからない言葉や表現がいくつもあったのに、なぜか、それはあまり妨げにはならなかった。この一編が自分のその後を決定した、決定されてしまった、といっても大げさではないくらい、とらえられた。そうしたことは、後にも先にも、二度とないことだった。

それ以前の、詩についての記憶をたどるなら、たとえば小学生のころは、谷川俊太郎や川崎洋、石垣りん、まど・みちおなどの詩が身近だった。読んでいたというより、国語の教科書にも載っていたし、子ども向けに編まれた詩の本にもこうした詩人たちの作品があって、繰り返しふれていた。つまり(小学生にとって)探索しなければ入手できない距離のものではなかった、という理由がそこにはあるのだけれど、これはこれで大事なことではないかと、いまでも思う。なにか文章とは異なるすがたをした言葉があるのだ、と知る機会が、まだ語彙の少ない年齢の人たちに向けても開かれていることは大事だし、楽しいことだと思う。

それらは、生きている詩人たちの詩だったが、もうこの世にいない詩人たちの作品も、そのころ少し読んでいた。きっかけとなったのは『〈詩集〉こころのうた』(童心社・一九六七年)というアンソロジーだった。母からもらった。母はそれを高校生のころ友人からもらったという。そこに作品が収録されている十四人の名を記すと、八木重吉、山村暮鳥、立原道造、大手拓次、室生犀星、三好達治、萩原朔太郎、中原中也、高村光太郎、宮澤賢治、草野心平、千家元麿、山之口貘、小熊秀雄。小学生にとっても近づける雰囲気だったのは、初山滋の装画がたくさん使われていたからかもしれない。めくれど、めくれど、初山滋。読めない漢字もあったけれど、この本をよく眺めていた。すべてのページをきちんと読んでいたわけではない。適当に、眺めていた。

大学に入った最初の年、教養課程のような選択科目の講義に「現代詩」があった。先生は、鈴木志郎康さん。学生の反応が鈍いからか、教卓の前に立って「ぼくは、六〇年代詩人の一人と呼ばれたんだけど、そういうことは知っているかな」と、問いかけられた。「現代詩文庫のぼくの詩集を見ると、裏に、マラソンで走ったときの写真がのってるから…」と。

教室で、学生の写真を一人ずつ撮り、一枚ずつ焼いてくださったことは謎だった。ほとんどの学生は、ぽかんとしていた。講義のときはいつもプリントが一枚配られて、それをもとに九十分、話されるのだった。荒川洋治や井坂洋子や伊藤比呂美の詩が配られたことを記憶している。「この大学はもうそろそろ、やめたい…」といわれて、実際辞めてしまわれた。鈴木志郎康さんの詩と詩論を読むと、驚くことばかりだった。六〇年代という時代と鋭く烈しく響き合った詩が、九〇年代のはじめにおいてもそのままですべて有効だとは、思えなかった。だが、批評の角度はなお有効だと感じた。そうに違いないと思えるなにかがあった。通じても、通じなくても、教卓の前で講義をつづけられた鈴木志郎康さん。貴重な時間だったことが、年月が経てば経つほどわかってくる。(こうして過去のことを書くのは、そんな機会はあまりないと思うからだ。ここに記しておきたい)。

そのころ、自分が考えていたことは、詩と神話のあいだ、というようなことだ。こう書くとあまりに漠然としているが、神話を専攻していたため、詩を書くことの他には『古事記』『日本書紀』『風土記』を眺めていた。読んでいたというより、眺めていた。そこにある散文と韻文の相克を、眺めていた。それらに含まれる歌謡の部分だけが歌なのではなく、地の文も、ときおり、ぐっと韻文へ引き寄せられる。さらにいえば、古代の歌謡に見られる、平行移動とでもいうべき感覚には、日本の近代詩以降の詩に通じるところもあると思えた。そうしてそれらは(編纂者がいることは別として)、なんといっても近代以降の意味における個人の作者の手になるものではないのだった。

詩を書いているのに、どうして神話を専攻するの、神話なんて未開のものじゃないの、とやがて近代詩の研究者になった同級生があるとき口にした疑問を忘れない。古代の神話は、たとえその訓み下しの方法が後世の言葉と語法にもとづくものであったとしても、詩や言葉を考える上で、多くの糸口を示すものだ。言葉で表された内容は、どんなものであっても、内容だけでは語れない。それは常に、方法と一体のものだ。つまり「なにを」は「いかに」と一体で、決して切り離すことはできない（いうまでもないけれど、翻訳の困難も結局はそこから生じる）。「なにを」と「いかに」の同時進行によって生み出される言葉の世界、うねりと全体図。これが詩の核心部分であり、詩の秘密だと考える。神話はこの点を、容易にはたどれないほど深いところから示す。言葉そのものによって、言葉の歓びと苦しみを示す。

他の言い方も（大まかな意味だけ置き換えようとして試みるならば）できなくはないけれど、でも、それでもこの言葉でなければだめだ、という次元こそ詩の書き手が求めるものだ。書こうとするものに忠実で、作品ごとに最大限の力をつくした書き手として、アメリカ南部が生んだ作家フラナリー・オコナーを尊敬している。この作家に、次のような言葉がある。「語るに値する新しい主題は見つからないことはあろうが、ある主題を語るのに新しい方法はつねにある」（上杉明訳『秘義と習俗』、春秋社・一九九九年新装版）。この部分だけ読むと、主題と方法を分けているように見えるが、そうではない。オコナーほど両者の一致を追求した書き手はいないといってもいい。未来の小説は詩に近づくだろう、という言葉がその評論にあることも示唆的で、それもつまりは中身と表し方は一体であることを語っている。

「なにを」と「いかに」のあいだには、幸せな一致よりもむしろ、せめぎ合いがある。このせめぎ合い、この相克に、詩がある。この相克こそが詩なのだ、とさえいえる。言語によって、あるいは時代、国や地域によって、どのような詩がより濃い流れを描くかは異なる。そこには幅があり、差異がある。けれど、「なにを」と「いかに」の相克が詩を貫くことに、変わりはない。詩の秘密は、簡素なすがたをしている。

（2012. 6. 4）

地獄谷の石

机の上にはいつもいくつかの石がころがっている。色かたちはさまざまだが、手のひらに収まるくらいの大きさのものが多い。これを凶器に、日ごろ憎んでいるだれかの頭をかち割ろうというのではない。『楢山節考』のおりん婆さんのように、石に齧りついて自分の歯をぼろぼろにしてしまおうというのでもない。これらは私の読書の友、文鎮なのだ。

文鎮にならないほど小さいのも、ひとつある。ものの配置が変わるたび、メモ用紙の下へ入りこんだり、ペンや鉛筆のあいだにまぎれこんだりと動きまわるが、なくならない。将棋の駒のようなかたちをしたねずみ色のその石を私は「地獄谷」で拾った。

東京都奥多摩に日原鍾乳洞はある。「日原」と書いて「にっぱら」と読む。多摩川の支流である日原川の北岸にできた鍾乳洞で、なかを歩いてまわることができる。入場料をとって内部をみせる鍾乳洞に共通するのは、石灰石と水の織りなす奇観のひとつひとつ、奇岩のひとつひとつに、タイトルがつけられていることだ。「地獄谷」というのもそうした鍾乳洞の地名にあたえられた名だ。

その日、日原鍾乳洞を見るために出かけたわけではなかった。残暑だった。蟬の声にしつこく炙られ、九月の空はたわんでいた。目がわるいのでそう見えただけかもしれない。私は大学生だった。友人の車に乗って奥多摩のほうへ向かったが、無目的だった。東京にもこんなに緑が、と思うほど、山々に樹は生い繁り、断崖を根でかためていた。地図に、日原鍾乳洞という文字を見つけても、気にしないようにした。気にしないようにしたというのは気になるからで、気になるのは鍾乳洞そのものではなく、日原鍾乳洞の出てくるあの詩なのだった。一九八五年秋、悪性腫瘍のため三十歳で亡くなった氷見敦子のその詩の題は〈日原鍾乳洞の「地獄谷」へ降りていく〉という。

「鍾乳洞、行ってみない?」

「うん、いいけど」

「この鍾乳洞が出てくる詩を前に読んだことがあるんだけど」

「ふうん、そお」

と、詩に興味のない友人はハンドルを握ったまま、うわのそらで返事した。鍾乳洞に着くと、これがあの、という感慨と、はじめての場所なのにそうは思えない懐かしさとが、縦糸横糸のようにすばやく動いて、目の前になにか織り出した。

入場料は詩に書かれているよりも上がっていた。入場料を払い、半券をもらうと、受付の女性は「お足もと、気をつけてください」といった。私は詩の言葉をたどることになったのだった。

〈「三途の川」を渡って「地獄谷」に降りる／地の底の深い所に立つわたしを見降ろしている井上さんの顔が／見知らぬ男のようになり／鍾乳石の間にはさまっている／ここが／わたしにとって最終的な場所なのだ／という記憶が／静かに脳の底に横たわっている／今では記憶は黒々とした冷えた岩のようだ／見上げるもの／すべてが／はるかかなたである〉


〈九月、大阪にある「健康再生会館」の門をくぐる／ひた隠しにされていた病名が明らかにされる／再発と転移、たぶんそんなところだ／整体指圧とミルク断食療法を試みるが／体質に合わず急激に容体が悪化する／夜、周期的に胃が激しく傷み／眠ることができない／繰り返し胃液と血を吐く、吐きながら／便をたれ流す／翌日、新幹線で東京へもどる〉

現代のさまざまな詩を集めたアンソロジー『詩のレッスン』（小学館）のなかで、はじめて氷見敦子の詩に接した私は、その後『氷見敦子全詩集』（思潮社）を古書店で買いもとめ、読んでいった。いまも〈日原鍾乳洞の「地獄谷」へ降りていく〉だけは、忘れることができない。川端康成のいう「末期の眼」がここにもある。その眼に見据えられると私は冬の蛙のように動かなくなる。地獄谷の石はいつも手を伸ばせばとどくところにある。

（『孔雀の羽の目がみてる』二〇〇四年白水社刊）

石原吉郎を読む

詩や小説など、言葉とかかわる表現は、「作品が書かれた現在」から時間が流れると、徐々に「歴史」のなかへ収められていく。当然とはいえ、そうした整理がひとりの作者の像を固定させ、見えなくなるものがあるとすれば、惜しい。

戦後、石原吉郎（一九一五〜一九七七）の詩について考えたい。シベリアに抑留され、八年に及ぶ強制労働と飢餓の徒刑体験を経て帰国した石原吉郎は、一九五〇年代半ばに、詩を発表するようになった。年齢的には四十歳近いころで、その出発は、当時、詩を書いていた人たちを愕かせたという。断定的な言い回しや断言が描き出す詩のすがたは、だれの言葉にも似ていない、独自の世界を切り出すものだったのだ。

シベリアでの極限状態が文章として表わされるようになるのは、それから十五年ほど経ってからのことだった。いま読んでも何度読んでも、深くから揺さぶられる「ある〈共生〉の経験から」や「ペシミストの勇気について」や「望郷と海」。

シベリア体験を書いた文章を詩とともに読むと、石原吉郎の詩の原点は確かにシベリアの過去にある、と納得することで、読む姿勢にある種の「けり」をつけそうにもなる。物事の成り立ちとしては、わかりやすい構図であるかのように。そして、そのわかりやすさゆえに、かえって、石原吉郎の詩は、シベリア抑留という問題とともに、過去の歴史の枠の内側へ、すとんと、収められてしまうところがあるのではないか。

石原吉郎の詩の世界とシベリアは、無論、切り離せない。だがそれはいうまでもなく、シベリア抑留についての事実を詳しく知らなければその詩を読めない、ということではない。両者は切り離せないにもかかわらず、読むときには、読者はシベリアを忘れて「詩の言葉」を受け取れる。そして、そこにこそ石原吉郎の詩の力があるのだと思う。

シベリア抑留という出来事は、どうしても、大きくせり出してくる。それによって、詩と背景の事実は、濃密に重ねられがちだ。事実と重ね、「歴史」に収めることで「現代にまでとどくはずの視点」が隠される場合があるのではないか。

その詩も文章も、いまの日本で読まれるべきものだ。なぜなら、それらはぎりぎりのところまで深く、抉るように人間を見つめるものだからだ。石原吉郎が描いたのは、どの時代でも、どんな極限状態においても、同じように剝き出しになると思われるような人間の本質だった。「しずかな肩には／声だけがならぶのでない／声よりも近く／敵がならぶのだ」(「位置」)

「ひとりの証人を待ちつくして／憎むとは／ついに怒りに到らぬことだ」(「待つ」)

抽象した「関係性」を一つ一つ、日本語によってかっちりと止めていった石原吉郎の詩は、重いというよりは、強い。事実と貼り合わせて「歴史」の内側へしまいこむことなく、いまも活きる言葉として読んでいきたい。

(『空を引き寄せる石』二〇〇七年白水社刊)

詩集とは何か

あるとき、ある作家のつぶやきを耳にした。「自分もできたら一冊くらい詩集を出したいな」と。その人は何十年も執筆してきて、すでに著作集も出ている書き手だ。それでも、詩集を一冊、と。詩を書いている私に話を合わせてくれただけかもしれないが、その一言の底には、確かに「詩集という存在」に対する憧れが見えた。「詩」に対して、ではない。それは「詩集」というかたちの本に対する憧れとして聞こえた。

詩集に注がれるそんな視線に接する機会は、詩の書き手にとって、じつは少ないのではないかと、そのとき思った。詩の書き手たちのあいだでは、詩集が大事だというのはいうまでもない次元の事柄だ。だから、そんな目線はかえって遠いところにあるものなのだ。

詩集を置く書店は限られている。都内にあった詩集専門店はとうに消え、置いてくれるところは置いてくれるけれど、という状況のなか、詩集は心ぼそくさまよう。そんななかでも、詩集という存在は無くならず、どこかでだれかに読まれる。それは、どういうことなのか。詩集を一冊いつか出したい、という思いが、ほそぼそとでも世の中に漂っているからではないだろうか。

子どもでもわかるような平たい言葉ばかりで書くのが最善だというような考え方は、いつか詩を殺すだろう。そういう詩に反対するわけではない。だが、字面として容易に伝わるかどうか、より多くの読者に受け入れられるかどうかを、詩に宿る方向よりも優先しつづければ、詩は先へ行けない。足元を地面に固定されても、上体だけでも前へ進もうとするもの、日本語の詩とはそういうものだ。

詩は、順応的な精神とは反対側に立つ。政治、経済、法律などの社会の規則や決まり事の隙間から落ちるもの、外れるもの、それでも人にとって大事なものを、拾い上げてかたちにしていく。それが詩、詩の在り方なのだ。当然、こんな声に追われることにもなる。だから、どうなの？　と。

一冊の詩集。たとえば宮沢賢治も中原中也も、生前に刊行した詩集は一冊だ。よく知られている詩人だからといって、何冊も残したわけではない。たった一冊。けれど、確かな一冊だった。宮沢賢治の『春と修羅』は発行部数は千部、売れたのは数冊だったという。中原中也が渋谷の古書店で『春と修羅』を見つけ、その内容に仰天し、何冊か買って友人たちに配ったというエピソードは忘れがたい。詩集とは、そんなふうに、ほそぼそとでも確実に伝わる場面を持てる存在なのだ。

数が少なくても、受け取る人、読む人がどこかにはいる。数が少なくても、それで物事が動いてしまうのだから恐いことでもある。詩に内在する「数とそぐわない次元の事柄」と「数を優先する社会」の性質のあいだで、あたまを抱えることそのものが、じつは現代の詩なのだ。引き裂かれながら絶えずかたちを変えていく、それが日本語の詩。そこには答えも着地点もない。詩を書くのに必要なのは体力かもしれない。

（『秘密のおこない』二〇〇八年毎日新聞社刊）

「春と修羅」のこと

　ことばにはこんなことができるのだな、と改めて気づいたのは、高校生のころ宮沢賢治の「春と修羅」を読んだときのことでした。ある日、学校の帰りに横浜駅の書店に立ち寄り、なんとなく手にとった岩波文庫の『宮沢賢治詩集』。そこには、ことばを覚えていく過程のどこかの段階でいつのまにか身についたような、詩とはこういうものだ、という思いこみを超えた詩があったのです。

　読んでいると、視覚的な要素と聴覚的な要素が見事に絡みあい、この一編でしかありえない、置き換えのきかない世界が立ち上がってきました。短く、まとまりのよい、一点に感情や感覚の頂点をもってくるような詩とはちがう書き方。ある意味では、ばらばらで整理されていないかたちにも見えました。けれど、歩きながらメモしたことばから生まれた「心象スケッチ」だと知ると、なるほど、その勢いと、行から行へ高まっていく熱にこそこれらの詩の味があるのだとわかりました。

　「ZYPRESSEN　春のいちれつ」とは詩集『春と修羅』の表題作に出てくる一行です。ドイツ語をふくんで糸杉の並木を表しますが、たとえば、同様の内容だからといってこれが「春の空の下、糸杉の木が並んでいる」だったらどうでしょう。似てはいても、全然ちがうものになります。詩とは、そのことばだからこそぴたりとなにかを表す場合があります。そのことばだからこそ出現する世界があるとは、ふしぎです。

　視覚、聴覚、触覚などに働きかけることばの性質が、合致をみせる瞬間。詩の一行からひろがっていく味わいは、ことばには意味や情報を伝達する道具としての使い方とはまた少しちがう側面があることを、知らせてくれるのです。日常のことばの向こうに見える、はじめての表現や、ただ一度きりのことば。詩のことばには、生きている、というこの瞬間を驚きで満たす力があります。そこには心をいきいきと踊らせる力があるのです。

（「小学校　国語教育相談室」七五号、二〇一二年）

作品論・詩人論

蜂飼耳と詩

荒川洋治

『食うものは食われる夜』の、表題作「食うものは食われる夜」の終節。

これって　なに
おおすけ　こすけ　いま　とおる
音たてちゃ　いけない　今夜は
もの音たてちゃ
いけない

「おおすけ　こすけ」は、シャケ（鮭）のこと。いのちが眼の前を通っていくときの、動きに息をとめ、眼をこらし耳をすます人の心の張り、あたたかみ。リズムの切れ、音のステップ。きれいだなと思う。
今回読んでみたら、同じ詩の他のところにもなにかあるね、と思った。

背をあわせ　うつろの胴は長くして
横たわる　濡れた眼玉に
すがた映し合い寝たりは　しない
背をあわせ　川音高く　聞き耳たてる

「背をあわせ」「うつろの胴は長くして」も「濡れた眼玉に」も、「すがた映し合い」も、もうひとつの「背をあわせ」も、「川音高く」も、「おおすけ　こすけ」のシンプルなリズムを際立たせるためとはいえないほど目方のある、ていねいな表現であることに気づく。「おおすけ　こすけ　いま　とおる」が詩なら、他のていねいな区域は詩を書く人がふだん何をしているかを表わす。詩が感じるところならそれ以外のところは思い、考えるところ。その、詩以外のラインも詩のように濃厚な影をまとう。作者と詩、という係わりがそこに生まれる。
楽しいこと、うれしいことが詩のなかで芽生えたら、しばらくあとに消す。考える時間のなかで消してみる。それが詩の基本組織。ころあいにブレーキがはたらくので一編全体の印象にかたよりがない。フェア。同時代の詩の自己本位、自己密集感とは無縁。内側をうたうときほど外側にいる。そういいかえてもいい。

蜂飼耳の最初のエッセイ集『孔雀の羽の目がみてる』（白水社・二〇〇四）の「夏の青虫」。庭の金柑に、青虫がとまっていた。「子どものときだったらすぐに捕まえるところだが、いまではそんな無分別なふるまいはできない。触れれば、人間のにおいや脂が移ってしまうと知っているからだ。ショック。人間に触られちゃった。虫に言葉があれば、そう叫ぶかもしれない」。ここを読んだぼくも「ショック」。なるほど、虫の側にたってみると、さわられることは、人間の匂いやあぶらがつくことだったのだ。人をはじめとする生き物を見るとき、うちとそとをとらえる。総合的な意識と感性が詩文の「陣地」をうるおしてきた。『隠す葉』の「沼」の一節。

内容のない葉書を手提げ袋にもどして
離れると　店の犬がついてくる　顔の半分　光って

この情景を承ける場面は、このあとないので、「顔の半分　光って」は、それからどうしたのかなあと思う。像を残すのだ。この中止は、廃棄ではない。「離れると」と「ついてくる」というあい反するものが、作者の意識のなかでひそかにもつれあっていて、その残響が「顔の半分」をてらすのだ。

秋冬には　どうなるのだろう

「隠す葉」（『隠す葉』）のなかの、この「どうなるのだろう」はどうなのか。このなまのひとことは唐突だが、変事ではない。意識が連続していくしるしだろう。疑問とは、どんなに敏活な人の場合でも、ひとまず外側からやってくる。これは外側という存在そのものに対するおどろきと、その確認である。また「外側が来たのね！」という構え、ジャンプ。怖さと、そのあとの楽しみを表わすもので作者にとっては由緒のある、そして気持ちのよい言い回しのひとつではなかろうか。さっきの「これって　なに」も、その仲間。ひとことの仲間。

「モンゴロイドだよ」（『食うものは食われる夜』）は、たった一〇行の詩。

すすっていた
縁に二つの手を掛け
飲み干した　火に
かざし　あぶり　こんがり
思うこともなしに持ち上げる
歯と歯のあいだに　やがて
肉は骨から　だまって
離れる
だれもいないお昼
わたしは噛んでいた

食べるという行為、その向こう、はるか昔からあるものが、手書きの直線で結ばれ、「すすっていた」と「噛んでいた」という、二つの動作のなかにおさまる。のんびりとして、うららかなのに、とても深みのある詩だ。このように短い詩ということでは、ここ一〇年か一五年の日本の詩の、筆頭の作だと思う。「だれもいないお昼」には、作者その人もいない「お昼」のようすもある。「わたしは噛んでいた」の最後の行の静けさが印象的。このあとには何もない、というところで止まっている。

このような知覚の発見と確認は、きびしい条件のなかではなく、むしろ条件のゆるんだ、安らぎのなかでしか得られないし、感じとれない。そういう時の分岐点で、この詩は書かれた。まわりにあるものが規定や条件をなくし、多くの作物が天にも地にもふれずに中空に浮かぶいま、「モンゴロイドだよ」は、不安と期待を浮かべる詩の新しい素顔を表わすものだと思う。この詩でいいことを知った。おおきなことを知った。

蜂飼耳の詩には感じることと考えることがそろっているので、これまでに見てきたものが見たいとしたものの半分くらいのものだったのではないかと、あらためて詩の世界を振り返りたい気持ちになる。一編の詩から読者も作者も、多くのことを知る。そういう詩を、蜂飼耳は流れるように書いていく。

（2012. 6. 21）

蜂飼耳詩学

藤井貞和

『隠す葉』

短歌と現代詩との区別は何だろうか。

この詩集と関係がない問題ではない。「韻律」問題がこの詩集にはある。

前者（5 7 5 7 7）が、日本語じたいの韻律を持つ、それを本性とするのに対し、後者（自由詩）は文字通り、韻律から自由でいられる。

現代詩は、世界の至るところで書かれる通り、仮に日本語で書かれても、あくまで「仮の日本語」であり、それに対して、短歌は固有語の日本語で書かれるために、韻律を脱ぐことができない。というより、韻律に詩の根拠がある。現代詩は韻律を脱いでいる点が、違反の詩であり、新奇な、詩的言語で書かれているとしか言いようがない。短歌を基準にして言えることは、逆に言えば、詩的言語を、まっさらな状態から分析しなければならないことにつながる。

いくらかの階層をほどこすと（段階論ではないと思う）、仮に石炭紀とか、漸新世紀とか名づけられる「紀」をもってするならば、下部から神話紀、民話紀、フルコト紀、物語紀というように四紀に分けたい。神話紀を、神謡紀と叙事詩紀とに細分してもよい。物語紀のあとにはファンタジー紀が来るかもしれない。

ベーリング海峡の陸橋は幅広く、異なる大陸に足を踏み入れていることを知らないで移住した狩猟集団が、氷河の溶けた回廊を通って、かなり内陸に進んだ。と、そう言えるか、痕跡は何も発見されていない。しかし、無数の遺跡から比定できる年代では、一万三〇〇〇～一万一〇〇〇年前に、長期にわたり居住し、歴史時代まで絶えることのなかったのもある。レヴィ＝ストロース氏によれば、そういう計算となる。

紀元前四六五〇年のマザマ火山のころ、細石器が生産され、紀元前一五〇〇年ごろになると、木製の道具の使用が認められる。『神話論理』の第四巻「裸の人」に神話を提供する、現在のクラマスやモドックの人びとの祖先だという推定だろう。古ルトゥアミ語をかれらは話していた。
重要なこととしては、神話紀、民話紀、フルコト紀、物語紀が、それぞれ孤立しているのでなく、民話紀なら民話紀は、神話紀を激しく破壊しながらそこへ潜り込み、神話紀をつよく吸い上げて民話紀へと形態保存する。「隠す葉」の「隠す」とはそういう前代への手つきであり、最初のイブが隠すその葉っぱは、左手だったに違いない。『秘密のおこない』の表題エッセイに拠れば「ぎっちょ」である。「左手は草原のように走り出す」、つまり古ルトゥアミ語を話していた新石器人は草原児だったという次第。
作品「両目をあやす黒と白」を冒頭にして、びっしり詰まる一冊が眼前にある。蜂飼神話が隠すコンテナの中身は何だろうか。
……
そのコンテナに
詰められて　あらたに運ばれる
なつかしい音　かなしい音　絡まりながら
黒白の音　混じらずに落ちていく
窓がゆるされなければ耳つけて追いかける
どこまでも
「黒＝白」のように、というか、「＝（イコール）」以外を許さない詩学がここにある。あやしても、絡まり合っても紛れない、詩人は耳をつけて追いかける。「ばらばらの虹」という詩もあるように、ばらばら＝虹であり、「扇男」は揚げ羽＝植物を破壊する。追いかける、ついていく（「知らない人についていく」）。民話紀がもう始まっている。

*

『食うものは食われる夜』
「あたし」は鹿を射る（または弾を撃つ）とともに、鹿のなかへ這入りこんだ女でもある（＝「鹿の女」）。こういう、「食うもの」が「食われる」ことにも、新石器人から吸い上げた心意気が躍如としている。六車由美さんの『神、人を喰う』という名著は、人身犠牲を副題に出しながら、もどかしい、どこかに何かを隠した民俗学の成果としてある。蜂飼神話から、詩作品「食うものは食われる夜」を持ってきても、やはり謎はすぐに収まらない。「モンゴロイドだよ」（巻頭詩）は「わたし」の秘儀を隠す。ベーリング海峡の陸橋をわたって来た人たちはモンゴロイドだった。

……
わたしは噛んでいた

の「噛んでいた」は、あとの「蛤ロボット」で噛まれたあとを悪化させる。おおはまぐりの本縁は、ロボットでなく、人身だから悪化するのだろうと思わせる。しかし、そう言った局面は半分以上、隠される。蛤女房（昔話）なら、お鍋に跨ると、おしっこでおいしい手料理をつくって男に食わせる。でも、本当はおおはまぐりが、お鍋のなかで煮えくりかえって食われるはずだ。

「この蟹や」は『古事記』歌謡（応神記）かと思いきや、神奈川県の蟹で、たちまち食われて殻になり、蟹から鹿へというのも『万葉集』の祝詞《ほかいことば》か、あっというまに熊となり、熊の胆を取られる。「まばらな林」も古代歌謡かな。

「食うものは食われる夜」にもどると、鮭のおおすけがやってくる。

これ聴いたらしんでしまう
これって　なに
おおすけ　こすけ　いま　とおる
音たてちゃ　いけない　……

知らないひと（＝神）にのしかかられたことと、「鱗はげ落ち　岩肌　はりつき」ながら、川を遡及することとは、孕み子を内側に抱えるといった、因果が隠されているのだろうか。神の犠牲になるというのも、隠された女であり、「こすけ」は口合いか。

＊

『いまにもうるおっていく陣地』

神話紀と民話紀とのあいだ、民話紀とフルコト紀とのあいだ、フルコト紀と物語紀とのあいだには、はげしい相互浸透、破壊／再創造という葛藤がある。神話紀以前にも、火や水（および性《セックス》）が人類によって制御を試みられる、という旧人たちのおこないがあり、それらがのちに、神話紀からの激しい関与によって、火の起源の神話や、洪水神話や、兄妹相姦神話となって整えられる。そのような、紀と紀とのあいだの相互浸透、破壊／再創造や「関与」を文法に喩えると、「辞」（助動辞や助辞）というか、語り手に引き寄せた柔らかい部位であり、叙事詩紀やフルコト紀の「叙事詩」や「フルコト」（『古事記』の「古事」、『古語拾遺』の「古語」）が、自立語つまり「詞」的部位（名詞や動詞その他）となる。

草木密生

五穀成熟　　　　　　　　　　　（「染色体」、以下同じ）

みぎは「フルコト」の一部だろう。ただし、一般になら、草木が萌え出る、また五穀の起源であるはずなのに、蜂飼神話ではみっしり叢生して、もう終りのたわわな実りである。ここから一転して、

おとこはすべておんなから出てくるのに
おんなを踏みつけるおとこがいて
（彼は　おとこをあいするおとこ　だったが）
ある日　はなやかな喧嘩になった
いっぱつかましてやんなきゃわかんないんだよ

このあま
……

と、男神による冴えないＤＶに、女神は心底、がっかり。「このあま」と言われて、何と、この、神さまのくせに小さい男よ。「あま」という語なんかはひじょうに古いニュアンスに違いない。罵り語が詩のなかでキラリと光る。詩的言語のなかではそういうキラリが位置を占めてよい。

三冊の詩集には一万年以上の歳月が込められていると見て、論じてみた。蜂飼耳は詩のみならず、小説にまで蛤女房のように跨って、ことばに秘中の秘を味付けする。

（2012. 5. 14）

ガラス窓を割って蜘蛛の巣を見つける　田中和生

――蜂飼耳の語法について

二〇一一年三月に起きた東日本大震災とそれに伴うフクシマの原発事故は、ちょうど一九四五年の敗戦とおなじように日本の現実のあり方を一変させてしまったが、それによって文学もまたそのあり方を変えるべきであるかのように印象づけられ、現代詩を含めて実際にそうした書き手たちは少なくなかった。しかし蜂飼耳が震災後に発表した作品を読んで気づかされるのは、その語法が震災前からほとんど変化していないということだ。

牡蠣やわかめをあやす波の手に
青空の下、ひっぱたかれて
在るとしても読めない脈絡ならば呆然と顔、見合わせ
る
（大地は好きなときに寝返りを打つから）
ひろがる網の下ひとりになれないことはさびしく
複数形への甘えとそれゆえの掟、
青空の下、若草を噛みながら
（ヨウ素セシウムそんな青草、）
噛みしめながら、ああいったいわたしたちは何、
何を、して来たのだろう
（「あかるいから」より）

これは二〇一一年六月に刊行された、わたし自身が編集にかかわっている「法政文芸」第七号に発表された、それほど長くない作品の前半部分である。

もちろんその変化がないというのは、作品が現実を無視して書かれているという意味ではない。たとえば「大地は好きなときに寝返りを打つ」や「ヨウ素セシウム」といった言葉からもわかるように、そこには震災に対する驚きのようなものが表われている。けれども特筆されるべきなのは、震災前から変わらないその蜂飼耳の語法がそうして大きく変化した現実を受け止め、その上で震災前とおなじ硬質な感触を残すすぐれた作品を可能にしているということであり、つまりその語法は一九四五年

の敗戦に匹敵する現実の変化に耐える力をもっている。
敗戦後に生まれた日本の戦後文学が半世紀以上をかけて風化し、そこで培われてきた語法が震災後の現実においてことごとく力を失いつつある現在、そうして敗戦や震災といった変化を越えて力をもつ語法こそ重要である。ではその語法とはどんなものだっただろうか。

わたしの服は　おおむね　おとなしい
着たり脱いだり　されながら
重なる順は　おおよそ　決まっている

（「隠す葉」より）

二〇〇七年に刊行された第三詩集『隠す葉』に収められた、表題作となっている作品の冒頭部分である。これは通常なら擬人法と呼ばれる書き方だが、しかし蜂飼耳の作品では「服」という「もの」が「人間」に「擬」して語られているわけではない。そうではなく、そこでは「人間」の存在と「もの」の存在が拮抗しており、むしろ「人間」こそ「もの」の一部のように存在している。だからここでは「人間」が「人間」のように語られるのとおなじく「もの」が「人間」のように語られているのである。

そうして「人間」と「もの」が拮抗しているという感覚は、一九九九年に刊行された第一詩集『いまにもうるおっていく陣地』に収められた作品「アサガオ」の時点で、すでに明確に示されている。たとえばその最初の連は「だれそれが当選確実、というニュースを／ラジオから女の声で受け取りながら右腕は／ひとのもののように　通りすがりの／献血をすませた　翌朝　思い切りのよい／傘のようなあおく澄んだ　アサガオの／開花があった」というものだが、そこではある「人間」が献血をしたという行為が「右腕」という「もの」のふるまいとして語られ、その「人間」が見たのであろう、アサガオの「開花」は歴史的事実のように記述されている。

こうして「人間」にまつわる出来事が「もの」のように描かれる一方で、作品の中盤にはそのアサガオのものと思しき「人間」ではない「もの」の一人称による部分が差し挟まれるが、その部分はきわめて近代文学的な独白であり、いわば「人間」的な記述になっている。二字分下げることで「人間」の部分と区別されている、その最後の部分は「竹に占領されたこの土地に　わたしたちの仲間は／ほとんどそだたない　わたしたちは竹林と外との／境にひっそり循環する　あるとき／おんなの手が仲間を　ひきちぎり　みるみる／無残なかたちに加工していった　わたしたちは／ふるえていた　おんなは　再度　結界を越えて／侵入して来るところが今度は　その股間を／ひろげて　めぐみのあめ　きんのあめを　一族に／そそいだのだ　それは　どういうことなのか」というものである。そこで語られている出来事は、アサガオが自生している「この土地」で「人間」（＝「おんな」）が用を足したということだが、そうして「もの」が「人間」のように「人間」が「もの」のように語られているうちに、作品の言葉はその出来事を「どういうことなのか」意味づけられない場所まで辿りついている。

　ここで確認したいのは、蜂飼耳の作品におけるこのような感覚は「もの」を生きているものであるかのように見なす、素朴なアニミズムに回帰したものではないということだ。あくまでそれは一九九〇年代までに書かれてきた現代詩の表現を踏まえたものであり、その表現の先に進もうとして選びとられたものである。だとすればそこで踏まえられている表現とはどんなものか。おそらくそれは吉本隆明が一九七八年に刊行した『戦後詩史論』で「戦後詩は現在詩についても詩人についても正統的な関心を惹きつけるところから遠く隔たってしまった。しかも誰からも等しい距離で隔たったといってよい。感性の土壌や思想の独在によって、詩人たちの個性を択りわけるのは無意味になっている。詩人と詩人とを区別する差異は言葉であり、修辞的なこだわりである」と指摘して「修辞的な現在」と呼んだもの、さらにそれが徹底されて「いかに書くか」という言葉の差異しか詩としての実質がなくなったものである。

　もちろんそれは一九四五年の敗戦後に、戦争から敗戦へといたる現実をくり返さないことを願って生まれた戦後詩が、その現実と拮抗できる言葉の世界を実現しようとしてきたことが必然的にもたらした事態であり、だから蜂飼耳の詩にも現実から切り離されて言葉自体の論理にしたがった言葉遊びのような書き方が見られる。たとえば二〇〇五年に刊行された第二詩集『食うものは食われる夜』に収められた「毛のはえかわる季節」の熊と思しき生き「もの」が語り手になっている「ほらあな」の末尾は、「討とうとしているよ　わたしを／あたしはなんにもしていない／やまはだ　やまひだ　やまびらき／やまいも　やまどり　やまのさち／奥の奥へと籠もろうか／山の生活／やめちゃって／やきとりやさんを　やりたいな」という書き方になっている。

ここで熊と思しき生き「もの」に「やきとりやさんを　やりたいな」というとぼけたことを言わせなければならない必然性は詩の内容にはなく、呪文か早口言葉のような響きの「やまはだ　やまひだ　やまびらき」以降の詩行が七五調のリズムになって、さらに詩句の冒頭を「や」音の連続にできるという、純粋に言葉の意味以外のものにしかない。ではそこではそうして言葉の差異を意味する「修辞的なこだわり」が絶対化されているのかと言えばそうではない。それは「修辞的な現在」の先にあるものを突き当てるための語法の一つにすぎず、そのことは別の特徴的な語法からもよくわかる。

かたちをとった　とってしまった
(「壱岐の嶋の記に」より、第一詩集『いまにもうるおっていく陣地』所収)

足裏を葉につける　足裏を　葉っぱにつける
(「熊」より、第三詩集『隠す葉』所収)

リズムを取るためのくり返しにも見えるこうした言い直しは、蜂飼耳の詩ではおおむね先の言い回しを少し長くするかたちで出てくる。そのことが知らず知らずのうちに印象づけるのは先の言い回しがなにかを言い足りていないということであり、しかし言い足りていないのならば最初から言い直されたものが書きつけられてもよさそうなのにそうならないのは、つまり蜂飼耳にとって言葉とはかならずなにかを言い足りないものだからである。そのような意味でその作品では「修辞的なこだわり」は手段の一つであり、そこで書きつけられる言葉はなにかを言い当てるための相対的なものにすぎない。
だとすればその作品の言葉は「修辞的な現在」の先にあるなにに向かっているのか。頻出する言い直しのなかで、さらにその指向性がよく表われていると思われるものを選んでみる。

いっさいのほとりを埋めていく　精密に
うずめてゆく
（「三輪山」より、第二詩集『食うものは食われる夜』所収）

蜘蛛のかたちを解いて　ほどいて
黒く奥まる道となり
くろぐろ奥まる細道となり
（「両目をあやす黒と白」より、第三詩集『隠す葉』所収）

これらの言い直しでは「埋め」という表記が「うずめ」となり、「解いて」「黒」が「ほどいて」「くろ」となっていることに示されているように、文字より音、あるいは意味より音声にその表現が向かっている。人類史的に文字言語と音声言語のどちらがより根源的なものなのかということは議論の余地があるだろうが、個人史的には間違いなく音声言語の方が文字言語に先行しており、その意味でこうした言葉の内容としてほぼまったく無意味な言い直しから、蜂飼耳の詩が言葉の起源に向かおうとしていると考えることができる。
そうするとやはりその作品に頻出する、文語的な言葉遣いや日本の古典文学を踏まえた表現は単なる言葉遊びや時代錯誤のものではなく、その起源に向かう言葉の通過点にある語法なのだと見なすことができる。もちろんそれは「修辞的な現在」において、言葉の起源という本来言語では記述不可能なものを現出するためには、その間に使われてきたあらゆる言葉が動員される必要があるからである。そしてそのだれも立ち会ったことがないにもかかわらず現実に存在したはずの言葉の起源こそ、その作品における言葉がどうにかして結びつこうとしている現実の別名であり、「人間」が「人間」であることを意味づけられずに「もの」の一部としてしか存在していないような場所である。

こうして蜂飼耳の詩は、その途方もない欲望によって戦後と戦前の断絶を破壊し、近代と前近代の区切りを無効化し、「人間」と「もの」の境界を曖昧にし、言語と言語以前の亀裂を飛び越えようとしている。そのような詩が敗戦や震災のような変化に耐えられる力をもつ語法を手に入れたのはある意味で当然だが、いわばその詩が目指しているのはガラス窓に石をぶつけて放射状に走った亀裂が蜘蛛の巣に変わるような瞬間である。

なぜなら言葉で現実を記述することはガラス窓に石をぶつけることに似ている。言葉によって分節化されていなかった現実のように一つのものであったガラスは、石をぶつけられることで大小の破片と化す。その破片の一つ一つが言葉によって切りとられた意味にあたるが、つまり言語以降の石をぶつけられたガラス窓の前で言語以前の石をぶつけられていないガラス窓を見ようとすることは、その亀裂をガラスの破片を結びつけるものとして見ることであり、さらに言えばガラス窓を割っていないものとして錯覚することである。そのときその放射状の亀裂は蜘蛛の巣に変わる。

それは蜂飼耳の作品においては「食うもの」が「食われる」ように見える瞬間だと言ってもいいし、衣服のように存在を「隠す葉」である言葉が一枚一枚剝がれていくと最後の一枚はもっともあからさまにその存在の位置を告げるものになるという逆説の現われる地点だと言ってもいい。だから最初に引いた「あかるいから」の末尾「次回の夜明けとともに世界が／致命的な欠点を暴かれ崩れて終わるとしてもわたしは／機嫌よく居たいのです、しないでくれ邪魔を／しないでよ、そこの陽の光、隠すことを」という詩行は、そこで目指されてきたものが容易にゆるがないものであることを示している。そのようなことが可能であるということが、いまのわたしには文学における希望を意味するように思える。

（2012. 5. 28）

まっすぐな人

日和聡子

　小さな駅舎で、蜂飼さんは待っていてくれた。神奈川県にある梅林にほど近い駅。ある年の二月の終わりのことだった。

　その日は早朝から雨が降っていた。電車を乗り継いでそこへ着くまでの間、途中で雪に変わり、また雨に戻ったりした。

「お待たせしてすみません。」

　私たちはそれぞれに、路線の上下反対の方向からやってきた。待合所にいた蜂飼さんは、改札を出てきた私の方へ、すっと近寄り迎えてくれた。

「ひさしぶり。大丈夫だった?」

「うん、ありがとうね。」

　蜂飼さんは、私が到着する二〇分も前に、そこへ着いていたのだった。電車の便は、そう頻繁にあるわけではなく、前後の時間帯では、到着時刻は上下線で互い違いに三〇分近くずれていた。梅林までの道のりは、蜂飼さんがあらかじめ調べておいてくれた。事前に交わした葉書で、互いの乗る電車と到着時刻を打ち合わせていたが、自分が先に到着しているという待ち合わせ時間も、蜂飼さんが、さっと決めてくれた。彼女はとても忙しい人なのに、当たり前のように、そういう一切を取り計らってくれた。あなたがやってくれないからでしょう? と蜂飼さんは言いたいかもしれない。私は彼女に頼ってばかりいる。

「そこからバスが出てる。」

「そうなんだ。」

　駅前から梅林までは、バスに乗った。駅前を発車してすぐのあたりで、私は窓から通りを眺めて言った。

「ねえ、郵便局があるよ。」

　あるよ、と言ったのに、蜂飼さんは、私が指す方を見ようとはせず、黙ってこちらの顔を見ていた。単なる無反応、無関心とは違う。何か言いたげで、しかし口を噤んでいるのだった。私はてっきり、ひょこん、と首を伸ばして窓外に目を向け、

「あ、ほんとだ。」
とうれしげな反応を見せてくれるものだと、予想するまでもなく思い込んでいたのだった。おかしいな、でも気のせいか、などと考えているうちに、バスは郵便局の前をとっくに通り過ぎていた。

蜂飼さんと知り合ってから、この十年、頻繁に手紙や葉書の遣り取りをしてきた。日頃、お互いを繋いでくれていたのは、電話やメールではなく、今もなお、主に郵便なのだった。

蜂飼さんは、いつも絵葉書や封筒に、それぞれの絵柄や、季節や話題にぴったりな意匠の切手を合わせてくれる。しばしば、こんな貴重な切手まで？　いいのかしら？　と勿体なく思われるような古い切手なども、惜しまず貼ってくれるのだった。私は恐縮しながら、よろこんでありがたく拝受する。こちらも切手と絵葉書がすきなので、折に触れて求めては、蜂飼さんに送るのだった。その遣り取りでは、互いの近況や心情、用件からささやかな出来事まで、その都度さまざまに伝え合うのだったが、蜂飼さんは、近くの森や散歩道で見聴きしたこと、考えたことなどの、日常的なことはもちろん、ときには国内外を問わず、仕事や個人的に出掛けた旅先から、その地の空気や風土や光や熱や雨や風やを感じさせる絵葉書を、丁寧な文を添えて、こまめに送ってくれるのだった。

蜂飼さんは、いつどこにいても、蜂飼さんらしい賢明で毅然とした態度で、自分の物の見方や感じ方をあらわしている。彼女の精緻で明晰な詩文にも、堂堂とした発言の上にも、それは、あらわしている、というより、おのずからあらわれているのだった。活字になった作品でも、直筆の手紙でも、普段の会話でも、本質的にはかわらない。日日原稿を書き、授業をし、手紙も書く。どうしたらそのようなことができるのか、私には想像もつかない。

「なんで、そんなふうにできるの？　どうやって書くの？　話すの？」
「だから大変だよ。」
何でも易易とこなし、成し遂げてしまえるかに見える蜂飼さんだが、その抜きん出た才能と知性と感性のほとばしるままに、何の苦労もなく物を書いたり話をしているのではないのだということを、付き合いの中では伺い知ることにもなる。物を書くこと、書き続け、活動を続けていくことの厳しさ、難しさは、蜂飼さんのような特別な能力を持つ人にも、けっして無関係ではないことなのだった。その中で、彼女は黙黙と、自分の道を、時間を、すすんでいる。

蜂飼さんを思うとき、彼女のいつものすっとした立ち姿が目に浮かぶ。たとえば、よく待ち合わせをするビルの入口に立っているときの、あるいは、そこへやってくるときの蜂飼さん。それから、一緒に展覧会を観ているときや、パーティー会場での佇まい。江の島の岩場や参道、街中や郊外を散策しているときの姿……。ぽつり、ぽつりと思い浮かべて、あ、蜂飼さんだ、と思う。身体や意識のどこにも無理な力を入れず、ただ普通に、まっすぐ立ち、歩いている。背を曲げるでも、胸を反らすでもなく、自然な姿勢で、まっすぐに立っている人。つまりはこの立ち姿が蜂飼さんなのだな、と気づく。それはそのまま彼女の品や格として、人となりにも作品にもあらわれている。凝り固まらず、しなやかで、つよい芯。彼女と会っているときにも、ひとりで彼女の作品を読んでいるときにも、突き詰めれば私はいつもそのことを感じているのだった。潔く、頼もしい。不思議と自意識を感じさせない。格好つけていない人だけの、格好よさだ。書くということ、書き続けるということへの姿勢。読むこと、そして、書かれたものの姿。感じ、考え、書き、読む。その力の勁さ、高さ、まっすぐさは、彼女の尊さである。その類稀な宝が、彼女に絶えずあれだけのものを書かせ、活動を発展的に持続させているのだろう。

詩でも散文でも、生身の蜂飼さんの日常と現実が、非常に生き生きと、風通し良く、弾むような勢いと輝きと緊張感を持って作品へと通じ、転じ、高まっているのを感じる。それはまさに、彼女の生の結晶である。彼女には、詩をはじめとしてエッセイや小説、書評や絵本や児童文学などのさまざまな活動があるが、その中でも中心や核となるのは、詩なのであった。蜂飼さんと自分を結びつけてくれているのはそこなのだと、私はよろこび、心づよさを覚える。同時代に蜂飼さんという書き手に恵まれたことは、私にとっては運命だった。そんな気がする。たかが十年やそこら付き合ったくらいでは、生身の蜂飼さんのことを、「わかった」「知っている」などと言うことはできない。そもそも私の持つ小さな鏡になど、映しきれる蜂飼さんではないのだ。だが、〈蜂飼耳〉の作品に触れるときだけは、読む者のひとりひとりが、いつどんなときでも、直にその書き手と向き合って、その人なりの理解を深めていくことがゆるされるのだと思う。私もそのひとりなのだ。

あの日、梅林には、人気がなかった。花はほとんど終わっていた。迷路のようにも思える雨の梅林で、私たちはどこをどう歩くべきかよくわからないままに、濡れた枝枝にまだわずかに残っている梅の花を、貪欲に探しながら歩いた。

「あ、あった。」

「ほんとだ。ほら、あそこにも。」

傘をさしていても、氷雨は容赦なく吹きかかる。

「寒いね。」

「寒い。」

そう言いながらも、広い野外を歩きまわる心地よさに、知らず心身は解放される。何だかだと喋り合って笑う声は、互いの耳に届くや、雨を含んだ梅の幹へ枝へと吸い込まれる。その合間をぬって、見慣れぬ野鳥が幾種も飛び交う。

「あ、鳥」

「何の鳥?」

「……キビタキ?」

「きび、たき?」

「き、びたき。……でも違うかな?」

降りしきるなか、鳥たちの地をゆく足取りは、はずんでいた。雨でも春が嬉しいのか。散策を続けるうち、ときおり、合羽を着た別の梅見客の姿を見かけると、見知らぬ人たちながら、あっぱれ、という気にもなった。こんな日によくぞ決行した、とその心意気に敬意と呆れとを両方感じながら、親近感を抱き、それとともにひそかに自分たちをも激励した。

梅林をあとにすると、バスに乗って小田原へ向かった。途中、酒匂川が見えた。さかわがわ。いい名前だ。すきになった。そのときは確か、給食の話をしていた。ソフト麺ってあった？　あったよ。へえ、私のところはなかった。そんな話。同い年の友。私はうれしかった。

小田原に着くと、城へ上り、天守閣から雨にけぶる景色を眺めた。土産屋には、提灯や耳かきが売っていた。記念スタンプを手帳に押し、城内を出ると、店を探して、海鮮丼を食べた。丼の下には、ランチョンマットの紙が敷かれていた。蜂飼さんの紙には、大きな栄螺が描かれていた。私の紙には、二はいの烏賊。日本酒を酌み交わすうち、夜が更けた。

翌日、葉書が届いた。宛名を記した表には白梅の切手が貼ってあった。消印は《小田原東》。裏を見ると、花籠いっぱいに生けられた紅白の梅花の絵柄。その左上にも紅白の梅図の切手が貼られ、《神奈川　下曽我》の文字が入った風景印が押されていた。風景印には、梅と富士山、そして幾つも開いて置かれた和傘と、二人の人物が描かれていた。調べてみると、それは曽我兄弟の故事にちなんだ、〈傘焼まつり〉のモチーフであるらしかった。

《下曽我駅に先に着いて
　お待ちしている間に
　風景印をおしてもらい
　ました。電車が来るまで
　あと十分くらいです。》

花籠の梅花の上には、丁寧な字で、そう書かれていた。私は驚き、あの梅林へ向かうバスでの蜂飼さんの顔を思い浮かべて、葉書を両手で押し戴いた。

（2012. 6. 24）

現代詩文庫 201 蜂飼耳詩集

発行日・二〇一三年七月二十日 初版第一刷 二〇一七年十月二十日 第二刷

著 者・蜂飼耳

発行者・小田啓之

発行所・株式会社思潮社

〒162-0842 東京都新宿区市谷砂土原町三—十五
電話〇三（三二六七）八一五三（営業）八一四一（編集）八一四二（ＦＡＸ）

印刷所・三報社印刷株式会社

製本所・三報社印刷株式会社

用 紙・王子エフテックス株式会社

ISBN978-4-7837-0979-4 C0392

現代詩文庫

新刊

201 蜂飼耳詩集
202 岸田将幸詩集
203 中尾太一詩集
204 日和聡子詩集
205 田原詩集
206 三角みづ紀詩集
207 尾花仙朔詩集
208 田中佐知詩集
209 続続・高橋睦郎詩集
210 続続・新川和江詩集
211 続・岩田宏詩集
212 江代充詩集
213 貞久秀紀詩集
214 中上哲夫詩集
215 三井葉子詩集
216 平岡敏夫詩集
217 森崎和江詩集
218 境節詩集
219 田中郁子詩集
220 鈴木ユリイカ詩集
221 國峰照子詩集
222 小笠原鳥類詩集
223 水田宗子詩集
224 続・高良留美子詩集
225 有馬敲詩集
226 國井克彦詩集
227 暮尾淳詩集
228 山口眞理子詩集
229 田野倉康一詩集
230 広瀬大志詩集
231 近藤洋太詩集
232 渡辺玄英詩集
233 米屋猛詩集
234 原田勇男詩集
235 齋藤恵美子詩集
236 続・財部鳥子詩集
237 中田敬二詩集
238 三井喬子詩集